UN SOUPÇON DE DÉSESPÉRANCE

BETTY ABEY

UN SOUPÇON DE DÉSESPÉRANCE

ROMAN

Ce livre est une œuvre de fiction. Toute ressemblance avec des personnes existantes ou ayant existé serait purement fortuite.

Tous droits réservés à l'auteur.

D/2018/ABEY Betty, éditeur.

ISBN 978-2-9602275-1-2

Je tentai de me retenir, mais les mots montèrent tout seuls à mes lèvres et, décidé à réaliser le rêve fou d'une souris, j'annonçai à la reine, à haute et intelligible voix :
— Au n°16 de la rue Grande-Pohlanka, à Wilmo, habitait un certain M. Piekielny…
Sa Majesté inclina gracieusement la tête et continua la revue.

Romain Gary, « La promesse de l'aube »

I.

LE NARRATEUR

Arrivé en bas de l'escalier, je m'apprête à franchir les quelques mètres qui me séparent de la porte d'entrée. Surpris par des bruits de voix discrets, à peine audibles même, je tourne la tête. Les portes de la salle d'attente et du cabinet sont toutes deux entrouvertes. Tout à fait inhabituel ! Hugo ferme toujours avec soin les accès à cette pièce où des hommes et des femmes viennent se confier. Je m'arrête et je tends l'oreille. Je perçois le timbre d'une voix féminine. Attiré par des murmures étranges, je m'approche. La femme, que j'imagine jeune d'après la voix, parle tout en pleurant. Des pleurs qui ressemblent à des supplications. Troublé, je reste immobile. Hugo l'interrompt. Il évoque le choix du prochain rendez-vous, me semble-t-il. Pour avoir déjà moi-même suivi une thérapie, je reconnais la méthode douce qui signifie la fin de l'entretien. Je m'éloigne au plus vite. Ma montre indique dix-neuf heures dix. D'ordinaire, le vendredi, Hugo quitte les lieux à dix-sept heures, quelquefois à dix-sept heures trente. Il n'est de spécialiste plus ponctuel qu'un psychiatre ! Qui pourrait me reprocher de ne pas avoir emprunté « le chemin de la discrétion ». Plus long, certes, mais il empêche toute rencontre inopportune avec l'un ou l'une de ses patient(e)s. Hugo tient beaucoup à l'anonymat de sa patientèle. Les rendez-vous sont espacés, les horaires, surtout de fin de journée d'ailleurs, respectés. C'est pourquoi, lors de mes allées et venues durant ses consultations, j'emprunte les escaliers de la terrasse, puis l'allée le long du mur couvert de rosiers grimpants jusqu'à la petite porte entourée de glycines. Elle s'ouvre sur une rue étroite et triste au nom, bien mal porté, de « Passage fleuri ». Je respecte en cela les termes de notre accord verbal lors de la signature du bail.

Une maison dite « maison de maître », j'en ai hérité à la mort de mon père. En famille, nous occupions les 1er et 2ème étages. Au rez-de-chaussée, dans les deux pièces en enfilade du bout du couloir, à gauche de l'escalier, mon père avait installé sa bibliothèque et son bureau. Côté droit, le garage tout en longueur se termine par une partie buanderie et bricolage. Bureau et bibliothèque étaient le domaine exclusif de mon père. Domaine auquel, ni ma mère ni moi n'avions accès. Seule Adeline, l'employée de maison, pouvait y pénétrer de temps à autre. Une permission que mon père lui accordait, au gré de ses envies ou besoins, sans aucune régularité. Enfant, lorsque je recevais la permission de jouer dans le jardin, ma mère me rappelait les consignes d'usage : « Ne pas toucher aux fleurs, ne pas creuser la terre… et surtout, ne pas faire de bruit ! » Seul, sans accessoire (ballon, pelle, vélo…), au bout d'une heure ou deux, le jardin devenait un enclos dans lequel je tournais sans trop savoir que faire. Il m'arrivait alors de venir coller mon nez à la fenêtre afin d'observer mon père assis à son bureau. Un homme de profil, la tête et le haut du buste légèrement penchés vers l'avant, un stylo à la main, absorbé par la rédaction de ses cours ou d'un nouvel ouvrage. Une image, emprunte de sévérité, qui forçait le respect. C'est ainsi qu'il m'apparaît quand éveillé je songe à lui ou durant mon sommeil. Quand des souvenirs d'enfance, malgré ma résistance inconsciente, réussissent à pénétrer la porte de mes rêves, afin de les perturber. Se sentant observé, il tournait la tête et d'un geste sec de la main, il me signifiait : « Va jouer plus loin ! » Parfois même, il se levait et baissait les stores. Il choisissait de se priver de lumière et de la vue du jardin lequel, confié aux bons soins d'un professionnel, offrait à chaque saison des variations de couleurs qui nous ravissaient ma mère et moi. Mon père ne supportait pas qu'on le regardât travailler.

Professeur de psychologie à l'université, il mena sa carrière à terme. Il abandonna ses fonctions avec regrets, pour se tourner alors exclusivement vers l'écriture, et ce jusqu'à sa mort. Ma mère décédée, d'une leucémie dite foudroyante — laquelle m'affecta au-delà de tout ce que j'aurais pu imaginer — moi parti pour, selon la formule consacrée, « vivre ma vie », et surtout, ne plus devoir cacher mon homosexualité, mon père demeura seul. Adeline me confiera qu'il n'avait jamais eu pour elle le moindre regard. S'il était conscient de la présence du chat, quand celui-ci daignait s'installer à ses côtés afin de recevoir son lot de caresses, il ignorait celle de « la domestique ». Chaque jour de la semaine, à treize heures, il venait, en silence, s'attabler devant le repas servi dans la salle à manger, comme si les aliments qu'il mastiquait avec une extrême lenteur, étaient arrivés devant lui comme par magie. En dehors des ordres qu'il lui donnait en début de semaine, concernant les menus et l'entretien de la maison, il ne s'adressait pas à la seule personne qui, en dehors de lui-même, fréquentait encore ces lieux ! Adeline était davantage frustrée par l'absence de regard que par l'absence de paroles. « Croit-il que ses yeux ont le pouvoir de me transformer en statue de sel ? », me demanda-t-elle un jour ? Le samedi, jour de paie, Adeline trouvait sur la commode du rez-de-chaussée l'enveloppe, juste récompense d'une semaine de bons et loyaux services. Pour qu'il n'y ait pas de méprise, d'une écriture demeurée belle, malgré les années et les débuts de la maladie de Parkinson, dont l'évolution sera « heureusement » — car il n'était pas homme à supporter une dégradation physique — arrêtée net par une crise cardiaque, il indiquait au recto : « Paie Adeline » et, en toutes lettres, le montant. L'enveloppe était collée. Adeline ne comptait l'argent qu'une fois rentrée chez elle. Mon père ne se trompait jamais.

Après sa mort, j'ai longtemps hésité entre vente et location. C'était la maison de mon enfance, certes, mais les souvenirs y attachés n'étaient pas tous des souvenirs heureux, loin de là ! Après mûre réflexion, la location partielle se révéla être le compromis idéal entre mon attachement au bâtiment (malgré un sentiment de rejet vis-à-vis des deux pièces revêtant un caractère quasi sacré) et les charges qu'il engendrait. Sans être vraiment proches, Hugo et moi nous connaissions bien. Il était, m'avait-il confié, avec une arrière-pensée sans doute, à la recherche d'un rez-de-chaussée dans un immeuble calme, cossu, situé dans une rue non loin du centre et où le parking était encore possible. L'agencement et le style des deux pièces, avec vue sur le jardin, lui convenaient parfaitement. Il me transmit les horaires de ses consultations, uniquement sur rendez-vous, et je l'assurai de mon entière discrétion. Pour me protéger de toute intrusion curieuse ou malveillante à l'étage, outre la petite barrière affichant le sigle « interdit » suivi du mot « privé », je fis poser sur le mur longeant les marches un détecteur qui réagissait de manière sonore au moindre passage.

Cela fait deux ans que le contrat a été conclu et nous sommes tous deux satisfaits. Durant les heures de rendez-vous, je n'ai jamais songé à jeter un coup d'œil par la fenêtre lorsque la porte d'entrée se referme. Tenter d'apercevoir l'un(e) ou l'autre des patient(e)s ne présente pas le moindre intérêt. En tout cas, jusqu'à ce jour où bouleversé par les étranges murmures d'une jeune femme en pleurs, l'envie de la voir me tiraille au point de frôler, après quelques nuits d'insomnie, l'obsession.

La semaine suivante, de « la dernière patiente du vendredi », dont je guette l'arrivée de la loggia du 1er étage, je ne peux entrevoir qu'une silhouette. Celle d'une femme probablement jeune, comme le son de la voix le laissait supposer, sortant d'un taxi. Le capuchon d'une parka rabattu sur la tête, elle se dirige d'un pas pressé vers la porte de l'immeuble. A présent hors de mon champ de vision, je la devine un doigt sur la sonnerie afin d'avertir celui auquel elle va, durant une heure, se confier. Que va-t-elle lui dire? Pleurera-t-elle à nouveau ? Je songe, un court instant, à descendre pieds nus dans le couloir, m'approcher au plus près et tendre l'oreille. J'hésite. Et si l'un des deux sortait pour une raison quelconque ? Une manière de procéder indigne de moi ! L'intrigue d'un film de Woody Allen remontant à près de trente ans : « *Une autre femme.* »[1], traduction littérale du titre anglais, surgit de mes souvenirs.

Je me précipite vers l'étagère où je range mes DVD. En principe, quelques-uns des nombreux films réalisés par *Woody Allen* sont là. Je vérifie les titres. Introuvable! Soit je ne l'ai jamais eu soit je l'ai prêté. Il me reste à faire appel à mes souvenirs et à internet. L'héroïne, Marion, est interprétée par *Gena Rowlands*, une de mes actrices préférées. Par chance, une rétrospective consacrée à ses plus beaux rôles, m'a permis de revoir le film il y a peu. L'intrigue, en apparence simple, est subtile et pleine d'enseignements. A la tête de la faculté de philosophie d'une université féminine bien cotée, Marion entend, provenant de la bouche d'aération du studio qu'elle loue, en vue de terminer en toute tranquillité un ouvrage destiné à être publié, le ton « angoissé et déchirant » sur lequel une jeune femme (*Mia Farrow*) se confie. Ancien professeur de philosophie (et autres cours annexes!), je suis troublé par les coïncidences.

Peut-être par les cheminées conservées, je le croyais, en leur état, pourrais-je entendre quelques éléments de la conversation entre Hugo et sa patiente? Dans le petit salon situé juste au-dessus du cabinet d'Hugo, je suis à genoux, la tête à

---

1   « Another Woman », film américain de Woody Allen, sorti sur les écrans en 1988.

l'intérieur de l'âtre. J'ai beau tendre l'oreille, impossible d'entendre quoique ce soit. Je prends conscience du ridicule de ma position ! Les cheminées magnifiquement restaurées ne sont plus que décoratives. Dans un souci de précaution, les conduits ont été bouchés. Il n'est de cette façon plus possible d'y faire le moindre feu.

Il me reste le plan B. Attendre dans le calme la fin de l'entretien et épier la sortie de « la dernière patiente du vendredi ».

Je ne sais pour quelles raisons mes pensées me ramènent à mon père. Jusqu'à sa mort, il m'a reproché mon manque d'ambition. Il ne comprenait pas que son fils unique ait refusé de suivre ses traces et donc de se lancer, jusqu'au doctorat, dans un cursus de Psychologie. Se contenter d'un master en « Philosophie et lettres » et d'un poste d'enseignant dans le secondaire : la honte ! Il est vrai que pour obtenir un horaire complet, mes attributions ont porté longtemps sur bien des cours différents, jugés plus ou moins en rapport avec ma formation. Mon diplôme de l'Université de Pérouse, qui me permettait de dispenser également des cours d'italien (une langue que j'adore lire, entendre et parler), relevait, selon mon père, plus d'un caprice que d'une démarche sérieuse ! Quelles satisfactions pouvais-je retirer à enseigner des cours de ce niveau à des classes composées de gamins et de gamines dont les centres d'intérêts devaient être bien éloignés de sujets culturels? Comment lui faire comprendre que cette « humble tâche » me plaisait ? Je renonçais sans avoir tenté la moindre formulation.

La semaine suivante, dès avant dix-huit heures, je suis à mon poste d'observation, dans la loggia, debout le dos courbé, prêt à bondir sur l'angle de vue le plus favorable, afin de découvrir la jeune femme dont les pleurs, pourtant étouffés, m'ont à ce point interpellés. Sous la pluie, à nouveau une apparition fugace. Une silhouette encapuchonnée traverse la rue. Sa main droite tient un mouchoir. Elle a donc, une fois encore, versé des larmes! Je suis envahi par un double sentiment, la désolation de la savoir malheureuse et la déception de devoir attendre une semaine entière avant d'avoir une nouvelle chance d'apercevoir son visage. A l'encontre de Marion, je ne peux ni entrouvrir ma porte pour la voir ni m'approcher de la bouche d'aération pour l'entendre. Je n'aurai probablement pas non plus la chance de la croiser dans la rue ou de la rencontrer dans une boutique, encore moins de lui parler et de l'inviter au restaurant. J'imagine, tel un détective d'une série télévisée, la prendre en filature au volant de ma voiture. Pendant plusieurs semaines, j'épie l'arrivée de « la dernière patiente du vendredi ». En vain ! Que s'est-il passé ? J'ai d'abord songé à un changement d'horaire, et durant trois semaines, je n'ai plus quitté la loggia aux jours et heures des rendez-vous.

De guerre lasse, j'abandonne à regrets, en partie du moins, mon poste d'observation. Plus de surveillance « full time », je me concentre à nouveau sur le vendredi. Et le miracle se produit, alors que je suis assis, obstiné mais sans réelle conviction, une paire de jumelles à la main (achetée lors de ma décision de m'offrir un safari-photos au Kenya). Tout en refermant la porte d'un véhicule à l'arrêt en double file, une silhouette jeune et mince, aux cheveux courts, lève la tête et accorde un bref regard à la façade. Je bénis ce jour sans pluie et légèrement ensoleillé qui me permet de découvrir son visage et surtout ses yeux. De grands yeux brillant d'une étrange couleur emplissent les verres grossissants de l'accessoire que je tiens fermement à bonne hauteur et me procurent un sentiment de culpabilité. Mon pouls s'accélère, je recule d'un pas. Bouleversé par ce visage que je soupçonne torturé par un mal-être, et effrayé par la crainte qu'elle ne m'ait vu l'épiant au plus près avec ces énormes jumelles ! Trop à la fois ! Et pourtant, incapable de résister à l'envie de l'apercevoir à nouveau, lorsqu'elle sort, je suis là, tapi, en retrait. Elle s'engouffre dans le taxi, tête baissée. Je suis certes déçu mais également rassuré, j'ai la confirmation que tout à l'heure elle ne m'a pas vu !

Durant plusieurs semaines, je serai discret, fidèle au poste. En vain ! « La dernière patiente du vendredi » ne viendra plus en consultations. Intrigué, inquiet même, je n'ose questionner Hugo à son sujet. Il ne m'aurait d'ailleurs pas répondu. Dans le film, la jeune femme, sur le point d'accoucher, termine sa thérapie, guérie. Je n'aurai capté son visage qu'une seule fois. Suffisant pour garder en mémoire la vision de ses yeux immenses, bruns, gorgés d'or. Ressemblent-ils à ceux d'une chanteuse et actrice dont mon père possédait des vinyles ? Son nom me revient en mémoire : Marie Laforêt, surnommée « la fille aux yeux d'or ».

La magie du cinéma n'a pas sa place dans la « vraie » vie ! Impossible, à l'égal de Marion, d'assister en spectateur à des scènes-clés de mon passé, d'être ébranlé par mes erreurs de comportement au point de décider de chambouler ma vie présente et future. Cependant, je ne suis plus tout à fait le même homme après l'incursion dans mon quotidien de « la patiente du vendredi ». Elle occupe encore mes pensées, de jour comme de nuit. D'ailleurs, alléguant de terribles insomnies, j'ai pu obtenir d'Hugo une prescription pour des somnifères. J'ai la certitude que bien des choses me relient à la silhouette à la physionomie torturée, envahie par des yeux aux reflets dorés, sans savoir lesquelles. Mes émotions m'emportent, prenant le pas sur la rationalité. Si j'avais pu la rencontrer, la connaître, je l'aurais aimée. Une certitude. Je l'aurais aimée comme une amie, une sœur. Notre relation n'aurait pas remis en cause mon homosexualité. De cela aussi je suis certain. Ma seule expérience avec le sexe dit « opposé » remonte à mes douze ans. Elle en avait quatorze, elle disait m'aimer et elle s'employa à m'apprendre l'art du baiser. Une technique élaborée qu'elle avait mise au point à la suite de nombreuses heures passées devant le petit et le grand écran, attendant avec impatience les scènes où les couples allaient enfin rapprocher leurs lèvres. De notre relation très courte et demeurée platonique, j'ai retenu que les filles pouvaient être très belles et très douces et dès lors jouer parfaitement le rôle d'amies de cœur, mais que sexuellement elles ne m'attiraient pas. L'envie d'expérimenter le chemin de la bisexualité ne m'a dès lors jamais effleuré. Le temps passe et pourtant, chaque jour l'image de la silhouette au visage levé, tendu vers moi, traverse mon esprit comme un flash.

Un soir de cafard, j'hésite à l'entrée d'un cinéma. Plusieurs salles impliquent plusieurs films et je n'ai pas la volonté de choisir. Je préfère me promener au calme dans un centre-ville peu fréquenté. Après une demi-heure d'errance, j'entre dans un café que je fréquentais beaucoup auparavant. Un coup d'œil circulaire et j'aperçois Bernard, mon dernier amour, attablé avec un inconnu, penchés l'un vers l'autre. Amis, complices, davantage ? Mon pouls s'accélère, je sors précipitamment et je rentre mon cafard encore plus pesant ! Je dois m'éloigner, prendre quelques jours de vacances. Le terme vacances est-il d'à propos pour un retraité ? Repos l'est-il davantage ? Contempler la mer, entendre le cri des mouettes rasant le sol de la digue, décortiquer des crevettes devant une bière brune, marcher, ne penser à rien d'autre qu'à remplir mes poumons d'un air iodé. Malgré mes bonnes résolutions,

Bernard et « la dernière patiente du vendredi » se disputeront mes pensées.

A mon retour, alors que j'accorde une oreille distraite aux propos de Josiane, à qui, par habitude, j'ai demandé : « Quoi de neuf ? » La femme de ménage récapitule, en les commentant un à un, les faits divers de ces dernières semaines. Il vaut mieux trop en dire que pas assez ! Une adepte de la surinformation en matière d'accidents et de « petites » agressions dont on ne parle pas au journal télévisé. Rien à voir avec le mutisme d'Adeline, décédée depuis bientôt dix ans. Tout à coup, l'un de ses propos attise ma curiosité. Il y a une quelque temps déjà, elle ne se souvient plus de la date avec précision. Peut-être m'en a-t-elle déjà parlé ? Tant pis elle le répète! Elle a entendu, par inadvertance, les confidences téléphoniques d'Hugo à un ami sur un entrefilet dans la presse. Il était question d'une dame qui fut l'une de ses patientes. Au fond de moi, une prémonition en coup de poignard provoque une douleur lancinante. Il s'agit d'elle, « la dernière patiente du vendredi », aucun doute. Je prie Josiane de me répéter tout ce qu'elle sait à ce sujet. Peu de choses et son compte-rendu est assez confus. Chamboulé, je consulte internet. Quelques brefs articles suffisent à le confirmer. Il s'agit bien de celle qui a longtemps obsédé mes pensées, et va les obséder de nouveau. La famille a-t-elle obtenu davantage de discrétion de la part des médias, eu égard aux jeunes enfants ? Conscient de l'intérêt que je porte à l'incident,

Josiane me propose de questionner le voisinage. Je refuse gentiment. Je ne veux pas me nourrir de commérages. Animé non pas par une curiosité malsaine, tellement courante dans ce genre de situation mais par de nobles sentiments, je rassemble dans une farde le résultat de mes recherches. (L'enseignant qui est en moi n'a pas totalement disparu.) Dossier bien mince que je compte étoffer par la poursuite de l'enquête. Malgré mes efforts, elle ne se révélera pas aussi fructueuse que je l'espérais. Grâce à un ami journaliste, j'ai connaissance d'une partie du contenu du rapport de police. J'en apprendrai un peu plus sur les circonstances. Pas suffisamment à mon goût. Car plus que les faits, ce sont les sentiments de l'héroïne qui m'interpellent. J'avoue que l'idée d'interroger Hugo me taraude. J'y renonce. La dernière page de mon dossier comporte un énorme point d'interrogation, symbole de ma frustration.

Le temps qui passe ne m'apporte pas l'apaisement, au contraire. Hanté par la vision de son visage, blessé, levé vers la loggia, de ses grands yeux dorés amplifiés par les loupes de mes jumelles, je décide non pas de rouvrir le dossier sur l'incident, mais d'en savoir davantage sur la femme. Je vais tenter de reconstituer la vie de « la dernière patiente du vendredi », autrement dit l'histoire d'Ariane puisque tel est son prénom. C'est un devoir auquel je ne peux me dérober. Il ne s'agit pas de me muer en journaliste d'investigation. « Petit enseignant » (comme aimait à le souligner mon père) à la retraite, je n'en ai pas la stature, ni l'habilité et aucune légitimité pour interroger les personnes de son entourage. J'œuvrerai dans l'émotion, faisant fi de l'impartialité.

Il me faut un point de départ. Tant pis pour la déontologie, je vais tenter de « soudoyer Hugo ». Une invitation dans son resto préféré, un dîner entre hommes, au champagne (« Louis Roederer », son préféré). Fidèle à lui-même, il ne fait aucune révélation. Il reconnaît avoir été choqué par l'incident et ne pas ressortir indemne de la thérapie. « Une femme fragilisée comme beaucoup de mes patientes... » Une récolte bien maigre !

Ma quête a duré plus d'un an, deux peut-être. Je suis allé bien plus loin que *Marion*. Elle devait remettre de l'ordre dans sa vie, la mienne est vide. Solliciter les confidences des témoins du passé d'Ariane, bribes par bribes, par des chemins détournés, auprès de sources parfois lointaines, exige beaucoup de temps et d'efforts. Du temps, j'en ai et je ne ménagerai pas mes efforts. Afin de retrouver des personnes qui l'avaient côtoyée à un moment donné de son existence, j'ai hanté les divers lieux qu'elle avait, parfois très peu, fréquentés. Des endroits où certains, parmi ceux qui l'avaient connue, viennent encore. Je m'imprégnais de ce qui pouvait subsister de sa présence. De temps à autre, elle surgissait et m'enveloppait, une forme aérienne, évanescente. Il m'est arrivé d'éprouver un peu des émotions qui avaient été les siennes. Enfin, je le crois. Parmi les rares personnes avec qui j'ai pu dialoguer, il y en eut plus prolixes que d'autres. Dans leur faconde, deux ou trois se sont dévoilées elles-mêmes, puis m'ont prié d'oublier leurs propos. Il ne m'était pas difficile de leur en faire la promesse et encore moins de la tenir. Leurs confidences portaient sur leur propre vie et n'offraient à mes yeux aucun intérêt.

Chaque soir, je m'asseyais au bureau que j'avais installé dans la loggia et j'ouvrais le cahier sur la couverture duquel j'avais écrit, au porte-plume, en caractères stylisés « Elle ». Pourquoi « Elle » ? Parce que ce cahier n'est pas voué à une Ariane parmi tant d'autres (bien que ce ne soit pas un des prénoms les plus répandus), il est dédié à une personne unique à mes yeux. Par la suite, j'ajouterai une première lettre et il deviendra le cahier de : « BElle ». J'y consignais ce que j'avais appris (parfois pas grand-chose), mes sentiments, ceux que je lui prêtais. A ce moment, je récupérais un peu de mon esprit cartésien. Animé par le souci de comprendre, j'ai extrait de la sacro-sainte bibliothèque paternelle divers ouvrages sur le comportement humain. Je les ai lus avec attention. J'imaginais là-haut, mon père les yeux écarquillés, hausser les épaules et une fois de plus, soupirer suffisamment fort afin d'être entendu !

A ce premier cahier, au fil du temps, d'autres succéderont dans lesquels les notes feront place à un texte suivi. Les informations se font rares. Ces

textes, je les lis et les relis sans cesse, modifiant ça et là un détail, corrigeant une faute d'orthographe, de syntaxe, de grammaire, les étoffant de suppositions que je crois proches de la réalité. L'histoire de Belle, je dois être assuré de pouvoir la revivre avec émotion, lorsque ma mémoire deviendra vacillante. Les similitudes qui nous relient se font plus nombreuses et plus précises. Je n'en citerai que deux, en préambule. Les séquelles laissées par un père qui ne s'est jamais comporté en « papa » et notre admiration illimitée pour Hemingway. Je me souviens encore des négociations que j'ai imposées à un ami proche, je devrais dire le harcèlement, pour obtenir son exemplaire des *Neiges du Kilimandjaro*. L'exemplaire n° 7 217 d'une édition, traduite par Marcel Duhamel et limitée à 8 000 exemplaires. Il m'a longtemps opposé un refus, cherchant une quelconque malice derrière mon acharnement, voire un brin d'escroquerie ! Il n'y avait rien de tout cela. L'envie comme seule motivation. A chacune de mes insistances, au fur et à mesure de l'augmentation du prix que je lui proposais, il objectait, étonné : « Pourquoi veux-tu mon livre ? » — « Mais tu as déjà ce recueil, non ? » — « Qu'a-t-elle de si particulier cette édition ? »
Il ne comprenait pas que l'on puisse vouloir posséder le même livre en plusieurs exemplaires. Belle m'aurait compris.

Je n'ai pas réussi à retracer le parcours de Belle. Beaucoup d'éléments me manquent. Je me suis

souvent posé la question : quelle est la part de vérité dans ce que l'on m'a confié ? A travers l'histoire de Belle, c'est un peu ma vie que je raconte. Je n'ai pas choisi d'en faire un conte ou une fable, surtout pas une biographie mais un roman. L'histoire de Belle telle que je vous la confie est celle d'une femme sincère, pleine de contradictions, rêveuse et passionnée, mêlant fiction et réalité. Un être à la fois fort et fragile, sensible et dur, tour à tour trop peu, puis trop (même mal peut-être) aimé. En écrivant cela, je songe aux paroles chantées par Jacques Brel dans « La Quête »[2] : ... *Aimer, même trop, même mal...*
Belle a tenté de vivre en luttant sans cesse contre ses angoisses et ses tourments.

---

2   Extrait de l'album « L'Homme de la Mancha » 1968.

II.

E R I C

Amant d'Ariane, célibataire d'environ 35 ans au moment de leur relation, cheveux noirs et yeux brun foncé.

Sous les cris et les applaudissements, ils sortent de l'église du XIIème siècle de style ottonien, tandis que les cloches sonnent à l'envi. De la main, ils se protègent des grains de riz que leur jettent les amis présents. Un mariage « à l'ancienne » que la rumeur avait largement colporté. Autour de moi, j'entends murmurer : «Qu'elle est belle ! » Une évidence, bien que son visage n'arbore pas le sourire de mise pour une mariée. Une robe ivoire, taillée dans un tissu soyeux, dont elle relève le bas, d'un geste élégant, prête à descendre avec prudence les marches encombrées d'invités. S'il ne lui tenait la main, l'époux à ses côtés passerait inaperçu. Il n'est pas mal pourtant, je l'admets. Taille moyenne, un costume bien coupé dans lequel il bouge avec aisance, mais à côté d'elle, il est un faire-valoir, le prince consort ! Derrière moi des voix s'élèvent : « On dirait Kate. » Je souris ! Elle saisit son petit garçon par le bras, elle veut qu'il prenne place au premier rang, la place du « garçon d'honneur ». Intimidé, le gamin d'à peine six ans, préfère se tenir en retrait. Il doit avoir du mal à reconnaître sa mère dans cette femme déguisée en princesse de conte de fées. Peut-être ne comprend-il pas que sa propre mère puisse partager les goûts des petites filles de sa classe ? Des couvertures de cahiers, des autocollants, des mallettes, des sacs, des tee-shirts, tous garnis d'une multitude de « Cendrillon », de quoi écœurer les garçons qui trouvent en la matière, un sujet à bien des moqueries. Je suis persuadé que lors du dernier carnaval organisé à son école, beaucoup de fillettes avaient revêtu une robe qui, à ses yeux d'enfant, ne différait de celle de sa mère que par la couleur. Mon expérience à ce propos, je la tire de mon statut de parrain. Mon frère a tenu à ce que j'assume ces responsabilités envers son fils aîné, sensiblement du même âge que le garçon d'honneur.

L'arrêt demandé par le photographe va permettre aux nombreuses personnes présentes de fixer dans leur portable une image de l'événement. Certaines se hissent sur la pointe des pieds, d'autres avancent à grands renforts de « pardon », d'autres encore, mieux outillées, s'éloignent et choisissent un angle favorable pour zoomer. Les voitures parquées de part et d'autre de la rue, parfois en double file (dont la mienne), empêchent un déploiement des invités auxquels se sont mêlés des dizaines de curieux alertés par les cloches qui n'arrêtent pas de retentir d'un son joyeux. Plus tard, la mariée me confiera, dans une lettre où pointait le désespoir, que ce jour-là, pour elle « les cloches sonnaient le glas » !

Je n'éprouve aucune jalousie vis-à-vis de l'homme qui l'embrasse. Cela aurait pu être moi, je ne l'ai pas voulu. Je connais chaque centimètre du corps de la mariée mais aucune pièce de sa garde-robe. Nous avons vécu une relation passionnée. Des rencontres que je provoquais au gré de mes envies par un simple un coup de fil, le plus souvent à une heure tardive. Lorsqu'elle ouvrait sa porte, elle m'ouvrait également ses bras et m'invitait dans son lit. Je garde l'image d'une porte d'entrée, de la pénombre (se cachait-elle de voisins curieux ?), d'un étroit et long couloir, avec en point de mire, une deuxième porte accueillante d'où s'échappe une lumière diffuse. Un guide, mais aussi une invitation à la rejoindre dans sa chambre, la seule pièce de la maison que je m'autorisais à visiter. Une nuit où je m'enquérais de la manière dont elle réussissait à donner ce ton étrange à la lumière qui nous servait de repère, sur un ton à la fois malicieux et convaincu, elle parla de magie et fit référence aux

27

chants des sirènes qui amenèrent Ulysse à se faire attacher au mât afin de leur résister. Une phrase reflétant sa personnalité faite d'un mélange de culture et de romantisme. En réalité, elle accrochait au lustre un foulard translucide.

D'autres femmes passaient dans ma vie, elle le savait. Play-boy vaniteux, aussi fier de sa voiture que de son torse musclé et bronzé, je jonglais avec mes conquêtes, intelligentes ou stupides. Je n'avais pas le temps d'estimer leur niveau intellectuel. Peu m'importait. Je n'avais nul envie de me fixer, d'être enchaîné. Entouré de copains du même acabit, les jolies femmes je les draguais dès que j'en avais l'occasion, mais je ne les voyais en général qu'à la nuit tombante. Entre joyeux célibataires, exerçant une profession qui nous assurait des revenus confortables, nous allions au restaurant, à des cocktails, à des soirées... Une vie joyeuse et mondaine qui nous permettait de sélectionner les proies avec lesquelles nous passerions une nuit ou deux, davantage peut-être. Nous changions d'endroits de drague au gré des modes. Pas question d'être assimilés à des ringards. Nous étions amenés à rayer de notre liste certains établissements afin d'éviter de rencontrer des ex « un peu trop collantes ». Quand tel était le cas, nous leur offrions un verre, selon notre code du savoir-vivre et nous disparaissions très vite. Combien de fois, avons-nous ouvert, puis refermé la porte d'un établissement, après que l'un d'entre nous ait repéré une jeune femme qu'il n'avait aucune envie de voir ? Afin de limiter les problèmes, nous avions convenu d'éviter toute tentative de séduction dans le cadre du bureau. Aucune collègue à notre palmarès.

Entre « mâles », nous faisions du sport: tennis, musculation. Un plaisir, une détente, qui nous permettait de conserver la forme. Nous avions décidé un jour, d'arrêter de fumer et de limiter notre consommation d'alcool. En vacances, toujours ensemble, nous choisissions des endroits branchés, où nous décalquions notre mode de vie.
Pas très moral, me disait mon frère, marié et père de famille. Cette phrase masquait-elle un sentiment, conscient ou non, de jalousie?

Dans l'intimité, elle m'avait, à plusieurs reprises, demandé si je l'aimais? Mentir était le premier pas d'une lâcheté qui pouvait conduire à l'engagement. Mes propos n'avaient jamais varié. Je la trouvais très belle, intelligente, j'aimais faire l'amour avec elle. Je ne cherchais ni n'envisageais rien d'autre. Notre liaison, n'était cependant pas totalement dépourvue de conversations mais en mode mineur. Elles se limitaient à quelques phrases échangées, le plus souvent entre deux étreintes. Lorsqu'elle prit l'initiative de me téléphoner au bureau, je fus surpris. Je n'avais pas l'habitude, comme certains de ma connaissance, de distribuer ma carte de visite en dehors des relations professionnelles. Après des banalités échangées sur un ton léger, j'invoquais le travail en attente. Le message était passé et compris, elle ne renouvela pas la tentative. En réalité, la plus longue conversation que nous ayons eue, est celle du jour de notre rencontre. Je mettais dans la phase de séduction les efforts qu'il fallait pour atteindre mon but. Des copains m'avaient mis en garde. Elle avait une personnalité complexe, bipolaire ! D'où tenaient-ils cela ? Des termes à la mode, sévissent dans tous les domaines. Depuis longtemps, le fameux « pervers narcissique » était l'obsession de la gent féminine. Le peu que je savais d'elle me suffisait. Je ne cherchais pas à en connaître davantage. Notre relation était, comme je le voulais, purement sexuelle. Non pas le sexe dans une routine bien établie, mais le sexe dans la passion des relations improvisées selon nos désirs, enfin selon mes désirs. Je ne m'étais jamais interrogé sur sa constante disponibilité. Avait-elle, au moins une fois, une seule fois, opposé un refus à ma proposition de lui rendre visite ? Je ne peux le dire. Sa liberté était-elle le résultat du hasard ? Ou veillait-elle à être disponible ? Où était son fils lors de mes visites ? Chez sa grand-mère ou chez une amie ? M'a-t-elle reçu alors que son fils dormait dans l'appartement? Les enfants ont, paraît-il, le sommeil lourd. Comment aurait-il réagi s'il s'était réveillé? Elle n'était pas la seule femme dans ma vie amoureuse. Qu'en était-il de la sienne? Une question, qui comme les autres à l'époque, ne m'avait pas traversé l'esprit. Notre relation, je la vivais sur un mode « zen ». Le mode qui me convenait. N'étais-je pas également en mode

« égoïste »? A l'époque de notre liaison je n'étais pas dans le questionnement ! Aujourd'hui, je reçois, en rafale, tout ce qui aurait pu ou aurait dû m'alerter.

De sa vraie personnalité (en dehors de celles qu'on lui prêtait), je savais peu de choses et je n'ai pas investigué ! Lors de mes visites, que je pourrais qualifier de « débarquements », puisque annoncées quelques dizaines de minutes à l'avance, juste le temps de faire le chemin qui nous séparait, elle m'accueillait en souriant. Si elle essayait de prolonger le moment que nous passions ensemble, elle le faisait adroitement, sans insistance, elle mesurait le risque de mettre un terme définitif à notre relation. Afin d'éviter l'écueil du romantisme, je provoquais ses rires avec des jeux de mots, parfois à la limite des pantalonnades.

Je gardais ma liberté et je respectais la sienne. Quand je lui téléphonais, je nous accordais quatre sonneries, puis je raccrochais. Elle pouvait être sortie, elle pouvait ne pas être seule. Peu m'importait la ou les personnes qui lui rendaient visite. Laisser un message était hors de question. Je ne jouais pas non plus le « numéro masqué ». Il est arrivé à deux ou trois reprises, qu'elle me téléphone, alors que je venais à peine de raccrocher, expliquant la voix haletante, qu'elle avait décroché un rien trop tard. Peut-être est-ce le respect sans anicroche de ce motus vivendi qui fit de cette relation une des plus longues de ma vie de célibataire ? En tout cas parmi celles qui ne donnaient lieu à aucune rencontre de jour, dans un lieu public. Il m'est arrivé quelquefois d'inviter à déjeuner une jeune femme, dont la conquête s'avérait particulièrement difficile, dans un restaurant où j'emmenais des client(e)s. Essayer de se cacher est, à coup sûr, la méthode la plus risquée ! La jeune femme appréciait l'endroit, la fréquentation, le fait que nous pouvions être vus par des clients ou des collègues. Et souvent, elle en ressortait convaincue que s'afficher de la sorte était l'indice, voire même la preuve, que notre relation différait des précédentes. Et pourtant rien dans mes gestes ni dans notre conversation ne pouvait indiquer aux convives des autres tables qu'il ne s'agissait pas d'un déjeuner professionnel.

La première fois que j'ai rencontré Ariane, tenter ma chance était une évidence. Dans son visage aux traits réguliers, on ne pouvait ignorer ses yeux dorés, immenses, déroutants, interpellant. Non pas inexpressifs, comme l'était souvent le reste de son visage mais mystérieux. Un mystère, si mystère il y avait (maintenant je sais), que je n'ai pas cherché à pénétrer. Dès notre première rencontre, la soirée se prolongea chez elle. Appuyée contre le mur, pas loin du lit, une guitare. Avant de la quitter, lors de ce qui fut donc notre première nuit, j'enchaînai quelques accords. Ils me vaudront un regard émerveillé, elle n'en jouait pas et aurait aimé pouvoir en faire autant. Sur la table de nuit, que je heurtai par mégarde, deux ou trois livres superposés. Celui du dessus retient un instant mon attention. Un livre épais, ce que je nomme « une brique » aux feuilles jaunies, à la couverture écornée, laquelle représente une jolie femme, la coiffure démodée, le buste dénudé avec bon goût. Je ne me serais pas penché sur le titre, si elle ne m'avait dit :

— C'est mon livre préféré, une histoire d'amour. J'en relis souvent des passages. L'héroïne porte mon prénom.

Je compris que l'ouvrage occupait « sa » place. Je soulevai du bout des doigts la couverture et repérai 1968. Elle n'était pas née lors de la parution de « Belle du Seigneur » que je n'avais pas lu et que je n'avais d'ailleurs nulle envie de lire. Deux bonnes raisons à cela, d'une part une histoire d'amour, d'autre part l'épaisseur du volume ! De toute façon, en dehors des hebdomadaires économiques et financiers auxquels j'étais abonné, je lisais peu. Je privilégiais le sport à la lecture. Il m'était arrivé d'acheter en même temps plusieurs ouvrages parmi les derniers polars ou thrillers à succès. Le premier choisi au hasard dont je pensais lire quelques pages avant de m'endormir, je le terminai me privant ainsi d'une partie de ma nuit. Les suivants, adaptés très vite au cinéma, je les ai visionnés sur mon écran. Ce genre de livre n'avait aucune chance de bénéficier d'une seconde lecture. Tout l'intérêt résidait dans la fin, imprévisible, diaboliquement amenée. Une fois connue, elle anéantissait les pages précédentes.

A la suite des confidences de la jeune femme, je décidai de l'appeler Belle. Je ne retenais jamais les prénoms de mes amantes, craignant de me tromper. Je les nommais toutes « chérie ». (Surtout pas « ma chérie » qui implique un sentiment de possession). De plus, les rencontres pouvaient être très éphémères ! Grâce à cette méthode, aucun problème de mémorisation. Avec le recul, je découvre maintenant que dès notre première nuit, inconsciemment, j'avais décidé de la revoir.

Un collègue marié m'avait confié qu'afin de ne prendre aucun risque, il utilisait envers ses maîtresses successives le même « petit nom » affectueux que celui qu'il donnait à son épouse. Un moyen sûr pour ne pas commettre d'impair ! Je ne jugeais ni commentais. A chacun son mode opératoire, je n'adhérais pas non plus aux cotations auxquelles se livraient certains et dont ils ne manquaient pas de nous faire part. Il était exclu que je prête l'oreille à leurs justifications! D'aucuns enlevaient leur alliance avant de sortir, même si le port de celle-ci laissait subsister une trace. A l'inverse, d'autres, pourtant célibataires, mettaient une alliance pour que leurs conquêtes soient persuadées, dès le début de leur relation, qu'elle ne pouvait conduire au mariage. Je me gardais de verser dans de tels subterfuges. Est-ce parce que cela ferait de moi un goujat ? A mes yeux en tout cas. Et puis aussi, parce que d'un naturel distrait, je risquais de ne pouvoir respecter les codes et de commettre très vite une gaffe. Si notre petit groupe pratiquait le donjuanisme, il s'agissait en l'occurrence d'un « donjuanisme sain ». Nous n'étions pas des manipulateurs ! Enfin du moins nous en étions convaincus.

La nuit où elle a évoqué le tournant plus sérieux que pourrait prendre notre relation, je pris soudain conscience que Belle était une de mes plus longues liaisons, en dehors de mon unique tentative de vie commune remontant à mes vingt-six ans ! Essai non réussi. Je garde une petite cicatrice, la trace d'une blessure oubliée dans un coin difficilement accessible, de mon cœur. Avec Belle, je le répète, j'ai joué franc-jeu. Mes arguments ne variaient pas. Elle me plaisait énormément. J'appréciais nos rencontres, mais j'étais un joyeux célibataire et je n'envisageais pas de changer de vie. J'avais fait vœu de célibat, comme les prêtres font vœu de chasteté. La formule me plaisait, j'en avais fait mon mantra. Je me croyais spirituel. A l'époque, assez imbu de moi-même (je le reconnais), rien ou presque n'ébranlait la confiance que j'avais en moi.

Elle me manquerait, certes, mais si l'opportunité d'un avenir stable avec quelqu'un « de bien » s'offrait à elle, elle ne devait pas hésiter. Notre relation passionnée verserait, avec le temps, dans la banalité. Gainsbourg avait chanté, ou plutôt murmuré : « L'amour physique est sans issue. » Un avis que je partageais. J'avais lu (Eh oui) quelque part que la différence entre l'amour et la passion, était que la passion on sait dès le départ qu'elle ne durera pas. Prudent, j'espaçais mes visites, mais n'y mis pas un terme. Une fois encore, je ne me posais aucune question, je niais l'émergence d'un quelconque attachement.

Je fus le bienvenu dans son lit jusqu'à la veille de ses noces. Aujourd'hui, je n'en tire aucune fierté et n'en éprouve aucun remord. D'après les rumeurs, elle a rencontré son époux dans le cadre de son travail. Il est fou amoureux d'elle. Tant mieux ! Je souhaite beaucoup de bonheur au couple qu'un prêtre vient d'unir devant Dieu.

Sans le demander, voire contre mon gré, durant les années qui suivirent, j'eus des nouvelles parcellaires du couple. Les ragots, les propos ironiques ou malveillants, je refusais d'y prêter attention. J'étais sorti de sa vie et elle de la mienne. Sans grand effort, j'oubliais ce que l'on me forçait à entendre. Et ce jusqu'au jour où informé de sa disparition, tel un album de photos anciennes que l'on feuillette, surgiront de ma mémoire, une série d'images provoquant en moi, un trouble, un émoi (?), dont je ne soupçonnais pas l'existence et que j'étais incapable de réfréner.

Dans les années qui suivirent son mariage, il m'est arrivé de l'entrevoir. Je la connaissais peu souriante en public. Les mauvaises langues disaient qu'elle craignait les rides. Les rares fois, très espacées, où je l'aperçus, elle était accompagnée d'un ami ou d'une amie, à une heure où les couples mariés ou non, installés sur un sofa, regardent paisiblement la télé, les enfants enfin couchés ! Dans cet endroit qui faisait le plein chaque soir, je pouvais aisément l'éviter. Elle assise dans le seul coin pourvu de banquettes. Moi, à l'autre bout, à proximité du bar, debout avec ma bande de copains, il m'était facile de me positionner afin de l'extraire de mon champ de vision !

Un établissement où se retrouvaient des adultes de tous âges qui venaient ici pour converser devant une bière bien tirée, ou écouter ceux qui osaient se lancer à chanter un classique de la variété française, accompagnés par un pianiste d'un âge indéfinissable qui semblait ne jamais avoir quitté son tabouret. Et pourquoi ne pas chanter eux-mêmes d'ailleurs ? Ce que je fis moi-même une fois, une seule.

Une partie des clients avaient connu l'endroit lorsqu'ils étaient étudiants. Ils y venaient alors tant en journée que le soir et multipliaient les tournées. Pour bon nombre, l'endroit était lié à leur première cuite, en général lors d'un baptême. C'était d'ailleurs notre cas à tous les deux, Belle et moi! Une des rares confidences que nous avions échangées.

La seule fois où j'ai croisé sans le vouloir, de manière fugace son regard, je fus frappé par ses yeux. Ils semblaient éteints. Manque de sommeil ? Médicaments ? A l'évidence, sa vie n'était pas exempte de problèmes. Qu'ai-je ressenti à cet instant ? Je ne m'en souviens pas. Était-ce avant ou après avoir reçu la fameuse lettre ? Après je pense. « La » lettre aux accents déchirants, dans laquelle bien que toujours en couple et mère, depuis peu, d'une petite fille, elle m'avouait son amour. J'ai, malgré moi, toujours en mémoire, le contenu de plusieurs passages. En substance : « J'étais celui qui lui avait fait découvrir l'amour physique, un amour d'une telle intensité qu'il annihilait tous les autres pour devenir l'Amour, le seul ! Celui que l'on ne connaît qu'une fois dans sa vie... » La lettre ? Je m'en étais débarrassé à la hâte, sans même en avoir terminé la lecture, comme si le papier me brûlait les doigts. Était-ce la peur qui avait dicté mon geste ? La peur de qui ? De quoi ?

Notre bande s'est disloquée peu à peu. Les femmes ne sont pas les seules à écouter leur horloge biologique. Les uns après les autres nous avons été alertés par l'approche de la quarantaine. Les joyeux célibataires se sont transformés en jeunes mariés, en futurs papas. Pour ma part, aujourd'hui, à la veille d'épouser une gamine d'à peine vingt-deux ans dont j'accepte tous les caprices, je songe de temps à autre à Belle. Cela éveille à nouveau en moi un sentiment troublant. Une sorte de chagrin peut-être, mais je n'en suis pas sûr. Je m'empresse de chasser ces réminiscences de mes pensées. En relation ou pas ? Je me pose davantage de questions au sujet de mon futur mariage. Le doute s'installe. A l'habituel : « Serons-nous heureux ? », s'ajoutent : « Vais-je réussir à la rendre heureuse ? » et « Serai-je simplement capable de répondre à ses attentes ? » L'avenir nous l'apprendra.

III.

E T I E N N E

L'époux d'Ariane, taille moyenne, mince, 42 ans, cheveux blond foncé, yeux marrons.

Les solides applaudissements concluant les discours ne sont en rien dus au contenu de ceux-ci, mais au fait qu'ils se terminent (enfin!) et que le « vin d'honneur » et les zakouskis (que chacun lorgnait, plus ou moins discrètement avec envie) soient enfin accessibles. L'objet de la réception : ma nomination en tant que nouveau directeur financier de cette importante société d'assurances. Le conseil d'administration a jugé opportun de l'organiser afin de me présenter à l'ensemble du personnel. Je ne faisais pas partie de la maison. Propulsé à ce poste, débarquant d'une autre société, d'une autre ville — nous l'avons « débauché » a dit le président du conseil d'administration qui aimait parsemer ses discours de quelques touches d'humour — les sympathies ne m'étaient pas acquises d'emblée. J'évolue de groupe en groupe. Ce premier contact est important. Parmi les employés et employées que l'on me présente, une en particulier retient mon attention.

Déjà durant les allocutions, lors d'un rapide coup d'œil circulaire sur l'assemblée, son visage lumineux plongeait les autres dans une sorte de brume. L'inconnue semble imperméable à ce que les collègues masculins, qui l'entourent, lui disent. Elle les observe, les traits inexpressifs et leur accorde, j'en suis persuadé une oreille distraite. A quoi pense-t-elle ? Se sent-elle flattée par la présence de tous ces mâles autour d'elle ou l'ennuient-ils ? Dès que l'un fait mine de s'écarter, un seul mot de la jeune femme et il reprend sa place. J'ai la réponse à ma dernière interrogation. Face à elle, l'attirance est immédiate. Le flash ! Comme d'autres avant moi sans doute, je suis hypnotisé par ses grands yeux aux reflets dorés, beaux et énigmatiques. Un port altier, que l'on ne rencontre plus souvent, une moue à peine discernable. J'en conclus qu'elle considère que toutes les attentions lui sont dues ! Une attitude qui attise encore mon envie de la conquérir.

La beauté m'a toujours attiré. Cependant, après plusieurs expériences, j'admets que l'aspect physique n'est pas le seul critère à prendre en compte si l'on désire s'engager dans une relation durable. Malgré tout il demeure mon talon d'Achille. Celles, que d'aucuns reconnaissent comme de belles femmes, sont souvent des énigmes pour leurs admirateurs. Une fois le mystère dévoilé, amour peut rimer avec désillusion. Voilà le peu que j'ai retenu de mes expériences passées, elles-mêmes peu nombreuses d'ailleurs. Depuis la séparation de celle qui fut ma compagne pendant cinq ans, mes rares amours avaient consisté en des liaisons léthargiques et sans avenir. Ce coup de foudre ravive des émois en sommeil.

Mon intérêt pour elle n'est pas passé inaperçu. Au moment de prendre congé, un administrateur m'accompagne au vestiaire et me glisse à l'oreille deux ou trois informations sur la jeune femme prénommée Ariane. Je retiens qu'elle vit seule avec son petit garçon et qu'on ne lui connaît pas de relation. Il ne se doute pas que ce qu'il me confie va suffire à modifier profondément le cours de ma vie.

Le soir même de notre rencontre, ayant à peine entendu le son de sa voix, la jeune femme était devenue une obsession. Je remerciai en pensée l'administrateur. Grâce à lui j'avais appris l'essentiel : elle était libre. Un détail d'importance qui m'autorisait à investiguer davantage de la manière la plus discrète possible. Par expérience je savais que les collègues féminines hésiteraient à répéter, à un homme du moins, les confidences qui leur avaient été faites, alors que les collègues masculins, plus diserts, n'hésiteraient pas à inventer, voire à mentir, afin de susciter mon intérêt. Ne négliger aucune occasion de se rapprocher d'un supérieur, de cumuler des points qui pourront faire pencher la balance au moment de l'octroi des promotions ! Un conseil que m'avait donné un collègue au début de ma carrière !

Le lendemain matin, mon emballement de la veille avait conservé toute son intensité. Je me levais avec en tête des objectifs précis : la conquérir, la garder et... l'épouser ! En cours de journée, j'en appris un peu plus à son sujet. Plus aucun doute, j'allais tout donner afin que la jeune femme accepte la place que je lui réservais dans mes plans. Son fils, fruit de plusieurs années de compagnonnage, et dont le père biologique s'occupait peu, deviendrait le mien. La rapidité de mon engagement, ma mère m'en fera le reproche pendant longtemps.

Je prévoyais de mettre autant de zèle à appréhender les éléments indispensables à l'exercice de mes nouvelles fonctions qu'à la conquérir. J'élabore une stratégie : fleurs, invitations à déjeuner, puis à dîner, et ensuite théâtres, concerts, cinémas… selon ses désirs. Un parcours classique ! Le problème se résume à concilier à la fois mon planning de séduction et celui d'adaptation rapide à mes nouvelles fonctions. Ne pas la décevoir en proposant des rendez-vous que je serai incapable d'honorer. Tout organiser au dernier moment. Je dois me résoudre à commander des fleurs par téléphone, impossible de sortir seul, même un bref instant. Il est aisé de commander un envoi de fleurs par téléphone, mais je tiens à ce que le bouquet soit accompagné d'une carte avec quelques lignes de ma main. Sur son site le fleuriste propose de choisir une carte (j'opte pour une classique carte d'un blanc immaculé) et de composer son texte, plusieurs caractères en option. Cela ne me satisfait pas. J'écrirai mon texte, le scannerai et lui enverrai en pièce jointe de la commande. Rédiger ce mot me demanda davantage de temps que l'examen minutieux de n'importe quel bilan. J'exagère, certes, mais à peine ! Si je n'avais pas utilisé mon PC, j'aurais rempli à demi la poubelle à mes pieds des brouillons ! Un ton léger, charmeur, attirer sans trop en dire. In fine, j'aboutis à l'œuvre littéraire suivante : «Un modeste hommage à une jolie femme au charme duquel aucun homme ne pourrait résister... » Je reçois la photo du bouquet pour assentiment. Comme je l'ai demandé, des fleurs printanières colorées. Quant au dernier critère : « odorantes, mais pas trop », j'accorde ma confiance au professionnel. L'adresse de livraison : le domicile de la jeune femme, dont j'ai extrait l'adresse du fichier du personnel.

Le lendemain, sur ma boite professionnelle, un mail concis: « Merci pour ce très beau bouquet. » N'ayant ni le temps ni l'envie d'entamer des échanges virtuels, je lui propose un déjeuner pour le lendemain, un samedi. L'acceptation ne vient qu'en fin de journée.

Il est convenu que nous nous retrouverons au restaurant. Auparavant, elle fait quelques courses en ville. J'aurais préféré l'attendre devant son immeuble, je crains qu'elle ne change d'avis ! En retard d'une demi-heure, elle prend place sur la chaise que je lui avance. Superbe dans une robe noire courte, petite veste couleur prune et bottines légères à talons mi-hauts assorties. Elle est juste à ma taille, évaluais-je avec satisfaction. Elle bredouille une justification à son retard, l'air maussade. De taille moyenne pour un homme, j'avais toujours compensé ce que je prenais pour un léger handicap (j'aurai aimé mesurer 1m80) non par des talonnettes, à l'égal de certaines de mes connaissances, mais par de l'humour. D'un naturel joyeux et farceur, je ne devais pas fournir beaucoup d'efforts. Ma grand-mère, friande de pléonasmes, m'avait baptisé : « mon petit humoriste en herbe ». D'emblée, je me fixe un pari : transformer son air maussade en un air résolument joyeux, inverser l'arc de cercle de l'émoticône, de concave en convexe ! La voix pleine de charme (enfin j'essaye), je la complimente. Je suscite ses rires sans trop de difficultés. Quant à obtenir des confidences, je me heurte à un mur bâti pour faire face à un séisme d'une certaine amplitude. Il est essentiel qu'elle soit convaincue de la sincérité de l'attention que je lui porte, de l'importance que sa personne revêt pour moi. Elle ne se livre pas spontanément. Dans le jeu des questions/réponses, je suis l'interviewer. Dès lors, tout au long de la soirée, nous ne parlerons que d'elle. Le seul sujet qui m'intéresse. Hormis un peu de natation, de temps à autre un cours de danse, elle ne pratique aucun sport. Elle apprécie les matchs de basket en tant que spectatrice. Elle lit beaucoup, préfère les reportages télévisés aux films sur grands écrans, ne manque pas les concerts de ses artistes préférés lorsqu'ils se produisent dans la région. Si elle se rend de temps à autre au théâtre ou à l'opéra et en retire du plaisir, elle fréquente plus volontiers les galeries de peintures et encore davantage les musées pour des œuvres plus anciennes. Faire un déplacement de plusieurs centaines de kilomètres pour se rendre à une exposition des œuvres d'un des peintres qu'elle admire, ne la rebute pas. Je suis enchanté, le bilan de la soirée est largement positif. Une ombre, cependant, à ce premier rendez-vous que, quelques années plus tard, je décris comme féerique (l'était-il vraiment ?) : elle m'avoue encore éprouver des sentiments (elle n'utilise pas le terme « amoureuse ») pour un célibataire d'une trentaine d'années avec lequel elle a entretenu une relation qu'il lui est difficile de qualifier et qu'elle savait sans avenir. Si j'apprécie sa sincérité, la révélation je la ressens tel un uppercut en plein estomac !

Le temps de quelques respirations profondes, je la remercie de l'aveu, preuve de la confiance qu'elle me témoigne. Je ne veux pas la brusquer. Elle a apprécié le moment passé ensemble et elle accepte l'éventualité d'un autre rendez-vous. La révélation, à laquelle ne je m'attendais pas, de la fin récente d'une liaison que ces collègues ignoraient, ne m'a pas découragé. Au contraire, elle a exacerbé l'attirance que j'éprouve pour elle. Sa conquête vaut bien plus qu'un duel ! Elle a parlé de sa liaison au passé. Je ne tarderai pas à avoir des doutes quant à l'exactitude de ses propos.

Nos rendez-vous s'enchaînent. De peur de ne pouvoir les honorer en raison de mon rythme de travail irrégulier, je la sollicite peu de temps à l'avance. Elle apprécie ses rencontres impromptues qui lui laissent la sensation qu'elle garde le contrôle de sa vie, sa liberté de choix. A chaque fois, nous nous quittons à une heure très raisonnable, en cause, la journée de travail du lendemain ou ses obligations familiales du week-end (j'apprendrai plus tard qu'elle en a peu). Des coups d'œil furtifs sur l'écran de son smartphone déposé bien à plat dans son sac ouvert attirent mon attention. Attend-elle un message de sa mère qui garde le garçonnet ? Si tel était le cas, ne déposerait-elle pas le mobile sur la table au lieu de l'enfouir ainsi ? J'ai la sensation qu'entre elle et « mon rival » tout n'est pas terminé. Quelles relations entretiennent-ils encore ? Je ne lui pose aucune question. Peu m'importe, je me suis fixé un but et je l'atteindrai. En fait, j'avoue. Je n'étais pas aussi serein que je l'affirme.

Bien que de plus en plus épris, je ne me déclare pas, pas encore... Pas avant de mieux connaître sa personnalité jusqu'à être capable d'anticiper ses réactions. Ambitieux, j'en suis conscient : il s'agit d'une femme ! Peu encline à livrer ses sentiments, elle se dévoile avec parcimonie. Sa sensibilité extrême, que son attitude ne permet pas de deviner a priori, son romantisme, sa pudeur, sa vulnérabilité, mais aussi l'entêtement dont elle est capable, autant de découvertes qui renforcent l'amour que j'éprouve pour elle. La connaître pour mieux l'aimer, même s'il y a toujours une part d'elle qui demeure absconse. « On n'est pas obligé de comprendre pour aimer ! » aurait dit David Lynch. Je l'aime lorsque enfin le rire éclaire son visage, après que j'ai utilisé tous mes talents d' « humoriste », je l'aime tout autant quand soudain son visage s'assombrit sans que j'en connaisse la raison.

Bien que nous soyons de plus en plus proches, les détails de son existence passée tardent à venir. Elle parle avec une extrême lenteur. Rien ne doit venir perturber son récit, sans quoi elle s'arrête et s'enfonce dans un mutisme dont il est bien difficile de la sortir. Des fêlures, elle en a, de nombreuses dont elle souffre encore. Elle en dévoile quelques-unes avec une sincérité troublante. Si son passé m'intéresse, ce n'est pas pour lui reprocher plus tard l'un ou l'autre de ses actes. Il me permettra de comprendre ses faiblesses et de mieux répondre à ses attentes.

Elle a abandonné la fac où elle avait entamé des études littéraires pour cause de maternité. Dans un premier temps, la possibilité de recourir à une IVG est envisagée. C'est en tout cas le désir des deux jeunes gens. Ses parents sont athées (elle apprendra, peu avant qu'il ne décède, l'appartenance de son père à la franc-maçonnerie), par contre les parents du géniteur revendiquent leur foi catholique, bien qu'ils ne « pratiquent pas ». A l'instigation des deux familles, Ariane et Laurent acceptent de garder l'enfant et de vivre ensemble. L'expérience sera de courte durée et on ne peut pas parler d'une véritable vie de couple ! Celui qu'elle nomme à présent « le père de mon enfant » mènera à terme son cursus scientifique, alors qu'Ariane est contrainte de renoncer au sien. Fatigue, dépression... des motifs sérieux qui l'empêchent de s'accrocher. L'envie de reprendre ses études là où elle les avait laissées, la mort prématurée de son père, victime d'une crise cardiaque l'empêchera de la concrétiser. Quand le bébé vient au monde, un petit garçon, elle est revenue dans la maison familiale depuis plusieurs mois et n'a plus aucun contact avec Laurent. Ariane chargera sa mère de lui apprendre la naissance de Jérôme. Un bébé dont l'arrivée ne bouleverse d'émotion qu'une seule personne, sa grand-mère maternelle. Ariane a très mal vécu ce premier accouchement. Encore dans le traumatisme de la douleur, elle peine à apprécier le soulagement de la délivrance. Après avoir demandé qu'on enlève ce petit corps nu qu'on lui a déposé derechef entre les seins, elle se tourne et demeure silencieuse, la tête enfoncée dans l'oreiller. Les yeux mi-clos, elle ne regarde pas l'être minuscule enveloppé telle une momie, que l'on tente de lui mettre de force dans les bras. Le père fait une visite rapide des fleurs à la main. Il estime, probablement qu'il a assumé le rôle qui lui est dévolu, puisque par la suite, il ne se manifestera plus que contraint et forcé par sa famille. Jérôme est élevé avec amour par sa grand-mère qui exprimera, pour la première fois, des regrets de n'avoir eu elle-même qu'un seul enfant. Peut-être un second lui aurait-il apporté davantage de satisfaction ? Pendant longtemps, Ariane se demandera si, par ses propos, sa mère évoquait le premier bébé décédé (une petite fille) ou une éventuelle troisième grossesse ?

Décidée à prendre sa vie en mains et à disposer enfin de son libre arbitre, Ariane emménage dans un petit appartement non loin de l'entreprise (un lieu que je découvrirai après notre mariage) qui accepte de l'embaucher grâce aux relations que son père, courtier d'assurances et conseiller en placements, avait nouées de son vivant. Dans mon for intérieur, je remerciais le DRH ignorant que par ce recrutement, elle m'offrait l'opportunité de rencontrer « la femme de ma vie ». Ariane et sa mère avaient appris au décès de leur père et époux, étonnées et désappointées, que le portefeuille, qu'il gérait depuis plus de trente ans, avait peu à peu périclité et que la vente ne leur laisserait pas grand-chose, une fois les droits de succession acquittés. S'il avait judicieusement dirigé ses clients vers des placements rentables, il n'en avait pas fait lui-même ! La veuve, noyée dans sa douleur, dit simplement :

— Heureusement, il nous reste la villa !

Durant nos premiers rendez-vous, j'avais osé, tout au plus, lui prendre la main et lui donner un léger baiser sur le coin des lèvres au moment de la quitter. Je ne voulais pas la brusquer, même lorsque selon ses dires (que je ne mettais pas en doute), son amant au courant de notre relation avait mis fin à ses visites. Une liaison qui prenait, dès lors, les allures d'une déception amoureuse et elle ne me cachait pas penser à lui de temps à autre. Elle ne m'en dit pas davantage et je respectais le code : pas de questions à ce sujet! J'étais prêt à tout accepter. Je la sentais vulnérable et bien qu'elle ne l'avouait pas, je prenais une place de plus en plus large dans sa vie. Nous ne parlions jamais de Jérôme. Elle tenait à le maintenir à l'écart. Je respectais sa volonté. D'abord conquérir la mère et ensuite apprivoiser le fils, l'ordre logique.

Deux mois après notre premier rendez-vous, nos relations étaient demeurées chastes. Une soirée particulièrement réussie, un peu trop de champagne, la connivence qui s'est installée imperceptiblement entre nous, un vrai et long baiser échangé, je lui propose de passer un week-end ensemble. Dans les rares souvenirs d'enfance qu'elle m'a livrés, il était question, avec une pointe de nostalgie, des vacances passées en famille dans une station balnéaire de la côte. J'aurais voulu lui offrir un week-end de rêve dans une destination plus lointaine. Impossible pour l'instant, mes obligations professionnelles ne me le permettaient pas. Je propose donc un week-end à la mer du Nord. Elle accepte sans hésiter.

A mes côtés, confortablement installée, elle se tait, comme hypnotisée par la route, le corps figé. Je ralentis. Dans son sac, un CD : une compilation « spécial voyages » aux vertus déstressantes. Je le glisse aussitôt dans le lecteur. Elle apprécie que je me soucie de son bien-être.

Un hôtel superbe, un mois de mai à la douceur exceptionnelle, autorisant les promenades sur la digue. Les astres me sont favorables ! La suite avec sa terrasse vue sur mer, lui plaît. Je vais vite déchanter. Après quelques pas, la mine renfrognée, elle s'arrête. D'importants travaux, toujours en cours, ont modifié l'aspect de la digue qu'elle ne reconnaît plus. J'ose un : « dommage ! » inapproprié semble-t-il ? Puisque de toute façon, les souvenirs qu'elle a gardés sont douloureux : ses grands-parents qu'elle adorait, aujourd'hui disparus, venaient ici la chercher pour la fin des vacances. Du moins pendant les premières années, les meilleures ! Ils sont encore aujourd'hui, bien que décédés depuis longtemps, les êtres les plus chers à son cœur. Auprès d'eux, elle trouvait un refuge accueillant, alors que l'appartement à la côte, comme la villa familiale, étaient emplis des disputes fréquentes de ses parents. Du bonheur en famille, peu de réminiscences. Il fallait fuir cet endroit, nous n'étions pas loin de la phrase éculée : « Famille je vous hais.» Dans son cas, jusqu'à ce qu'elle rencontre sa belle-famille, ce serait plutôt : « Père et mère, je vous hais. »

Dans un but d'apaisement, je propose que nous replions bagages. Le long de la côte, les stations où ne plane aucun mauvais souvenir ne manquent pas. Elle hésite à en choisir une. La difficulté de lui faire exprimer un choix, j'y serai souvent confronté. Il n'est pas question de quitter définitivement l'hôtel, mais elle accepte une balade en voiture. A moi de garer la voiture lorsque l'envie me prend. Ce que je fais une demi-heure plus tard. Une station à la réputation snob, fréquentée par une clientèle huppée, qui réunit les stéréotypes du genre. Une digue superbement aménagée, des rues où se succèdent des boutiques chics, des places de parking occupées par des véhicules haut de gamme. Je propose un apéro à une des terrasses confortables, abritées du vent. A l'égal des parkings, les places sont rares ! L'apéro sera long car nous l'agrémentons d'une douzaine d'huîtres dont nous renouvelons la commande et qui constitueront notre déjeuner. Ses traits se détendent. Le vin blanc est frais, les huîtres excellentes. Alléluia ! Pour reprendre une expression populaire et explicite : « Je marque des points. » Tout n'est donc pas perdu. Nous échangeons quelques mots avec des couples sympathiques aux tables voisines. Des conversations qu'elle ne cherche pas et écourte souvent. « Tous ces « bourges » m'indisposent ! » et encore « Je n'ai rien de commun avec ces gens ! » Chez elle on a toujours voté à gauche, confiera-t-elle plus tard. Je ne commenterai pas, je ne lui ferai pas remarquer que nous ne différons pas de ces gens qu'elle est prête à mépriser. A nouveau des commentaires lorsque à la table voisine, la conversation porte sur la partie de golf du lendemain. Je crois faire preuve d'humour en disant. « Mitterrand lui-même jouait au golf ! » Elle me foudroie du regard, jugeant la remarque déplacée. Il nous faut changer de sujet de conversation. Des réflexions à l'emporte-pièce, Ariane en utilise quelques-unes auxquelles je m'habituerai et que mon amour pour elle rendra inaudibles, tout comme le CSA empêche la lecture de certains propos ou la vision de certaines images.

Désireux de faire un cadeau à la femme élégante qui m'accompagne et de clôturer ainsi en beauté une après-midi qui avait bien mal commencé, je propose que nous empruntions la rue commerçante.

— Je ne suis pas venue ici pour faire les boutiques !

Une phrase énoncée comme une évidence, sans animosité, mais sur un ton sans appel. Ariane réfute l'image d'une jeune femme superficielle ou intéressée. Loin de moi l'idée de la traiter comme une courtisane. « Faire les étalages », « courir les magasins », n'est pas une corvée pour moi, au contraire ! Un indicateur de la part féminité qui est en moi peut-être ? Nous rejoignons la station de son enfance.

Sitôt dans la chambre, elle éclate en sanglots et vient se réfugier dans mes bras. Eux que je sentais lourds de la folle envie qu'ils avaient de l'entourer, deviennent tout à coup légers. La serrer, ils en rêvaient depuis longtemps. Enlacée avec douceur et tendresse, elle se confie. Pas de récit structuré, mais des bribes de souvenirs dont l'énoncé se fait dans la souffrance. Car même les moments heureux vécus auprès de ses chers grands-parents sont à présent douloureux puisque passés à tout jamais. Par contre, demeure encore bien présente, l'attitude de ses parents qui faisaient d'une journée de vacances, une journée d'affrontement. En cause une maîtresse dont Ariane ne connaîtra l'existence que bien plus tard. Son père disparaissait pendant plusieurs jours et sa mère, abandonnée, ne supportait pas de voir la gamine jouer, s'amuser, alors qu'elle-même souffrait. Exercer sa vengeance sur le seul être à sa portée, un classique. Ariane le comprendra bien plus tard, lors d'une de ses thérapies. Et puis, à nouveau venant contredire ses propos antérieurs, le souvenir de ses grands-parents, rien que des moments heureux pour la petite fille qu'elle était. Deux êtres adorables, les seuls à l'aimer vraiment, à lui manifester de la tendresse. L'un frappé par la maladie d'Alzheimer, l'autre dépassé par les difficultés de la vie quotidienne, ils sortiront brutalement de sa vie avant de disparaître à tout jamais. J'éprouvais un réel bonheur à lui apporter un peu de la consolation qui lui avait manqué pendant tant d'années. Hélas, par la suite, jamais plus elle n'aura cet élan, cette spontanéité. Jamais plus elle ne se dévoilera ainsi et nous ne connaîtrons plus un moment de partage aussi intense. Même lorsqu'elle se confiera à moi pour une deuxième et dernière fois, peu après notre mariage. A ce moment, mon amour pour elle était-il déjà, sans que j'en sois conscient, légèrement émoussé ?

Bras dessus, bras dessous (elle n'aime pas que je lui prenne la main, elle choisit de me prendre le bras), nous nous promenons en silence sur la digue, tels de vieux amoureux. Amoureux, moi je le suis mais elle ? Des moments ancrés en moi de manière indéfectible. J'aime son visage tourné vers la mer, le menton relevé, les cheveux déplacés par le vent. Le vent du Nord a choisi de jouer avec sa chevelure et avec mes sentiments. Chaque bourrasque la rend de plus en plus attirante. Elle respire comme si il lui fallait choisir un parfum. Elle ôte ses lunettes solaires, elle veut voir la vraie couleur de la mer. Assise sur un des bancs, en général occupés par des personnes âgées, qui aimablement se serrent pour nous faire place, elle peut demeurer de longues heures silencieuses, les yeux fixés au loin.
J'attends patiemment. Parfois même, debout à ses côtés. Je l'observe et partage son plaisir. « Rien n'égale la contemplation de la mer » dit-elle, pas même la lecture d'un bon livre. Deux modes d'évasion, mais la mer rime avec liberté. Son esprit

s'évade, voyage au-delà de la ligne d'horizon. Pas d'histoire imposée, elle est l'auteure. Elle n'est pas immobile, elle vogue droit devant elle, à la vitesse choisie, elle est le capitaine.

Rien sur cette planète ne peut offrir autant de couleurs et de nuances différentes ! En fonction des conditions météorologiques (un seul petit nuage peut tout changer!), de l'heure, de la marée... des jours de la semaine, de son humeur ! En osmose complète, la couleur de l'eau varie en fonction de ses ressentis. Pas de doute à ce sujet, une certitude qui est en elle depuis l'enfance, depuis la première fois où elle se souvient avoir vu la mer. Peu lui importe les couleurs que les autres décrivent, la vraie couleur est celle qu'elle voit, non, qu'elle ressent. Ces instants de silence, suivis par les précieuses confidences qu'ils ont engendrées, sont ceux qui m'ont permis de mieux la comprendre. Et je me rends compte maintenant, combien nous étions proches durant ces quatre jours. Gamine elle avait commencé à noter dans petit carnet broché avec cadenas et clé minuscules, l'incontournable « journal intime » que toutes les gamines reçoivent un jour ou l'autre en cadeau, les différentes teintes résultant de ses observations. Un samedi de septembre (son souvenir est précis), après que sa mère eut rangé sa chambre, elle ne trouvât plus « son nuancier de la mer » comme elle l'avait titré. Elle afficha sa tristesse pendant plusieurs jours. Selon sa mère : « une attitude puérile parmi tant d'autres du même acabit ». Durant ce court séjour, j'eus la confirmation d'une femme complexe, attachante, sensible, romantique et... torturée. Tout en elle me plaît. J'aime sa main qui d'un geste lent, aérien, soulève un verre de vin blanc, avant de le porter à ses lèvres entrouvertes attendant sans aucun signe d'impatience le savoureux breuvage. Je ne suis pas loin de l'ado boutonneux ébloui par la très jeune fille avec laquelle il échangera un premier baiser. Mais à la différence de l'ado, ma maturité d'homme me permet de comprendre les complexités de la personnalité d'une jeune femme, gorgée de contradictions, dont je suis follement amoureux. Lors de nos rapports physiques, je la sens en retenue. Je me rassure, convaincu que cela s'améliorera avec le temps, qu'elle finira par oublier l'homme cause de sa récente déception.

Si je suis capable aujourd'hui encore d'évoquer ces moments, sans ajouter à ma souffrance, c'est parce qu'ils font partie, je le répète, des meilleurs que nous ayons partagés ! Elle qui avait parié sur l'amour passion, baigne, à mes côtés, dans la tendresse de jour comme de nuit. Se sentir protégée, pouvoir s'abandonner, des sensations jusqu'ici inconnues et, selon ses aveux, qu'elle a d'abord appréhendées, avant de les apprécier. Au moment de prendre le chemin du retour, en une seule phrase, je déclare l'aimer et vouloir l'épouser. Je tais pour l'instant mon vif désir d'avoir un enfant d'elle, par lâcheté je présume. Je nie toute manipulation. (Ce dont elle m'accusera plus tard.) Elle accepte sans demander un temps de réflexion.

Tout me semble normal. Plus tard, je m'interrogerai sur la rapidité de la réponse, elle pour qui la moindre décision revêtait un examen de conscience ! Je me félicitai de ne pas avoir cédé à la tentation d'emporter avec moi une bague. La lui offrir, à ce moment, aurait pu être interprété comme une entrave à sa liberté de choix. Nous convenons de nous rendre ensemble le lendemain, dès la sortie du bureau chez un bijoutier de son choix. Une bague de fiançailles, un de ses rêves d'adolescente. Pendant plusieurs jours, elle ne cessera de tendre la main pour mieux contempler le bijou, qu'elle soit seule ou entourée. Son bonheur ainsi étalé me ravit. Une seule ombre au tableau, que je feins d'ailleurs d'ignorer. Nos rapports amoureux, pas aussi fréquents que je l'aurais souhaité, se passent chez moi ou dans un hôtel de son choix, comme s'il s'agissait d'abriter des amours clandestines. Pas n'importe quel hôtel, le meilleur de la ville où après quelques brasses dans la piscine, suivies d'un sauna, nous nous faisons servir le repas du soir dans notre chambre. Elle qui refuse d'être assimilée à une bourgeoise, ne dédaigne pas un peu de luxe ! Ces instants de détente, d'évasion même, qu'elle semble apprécier, ne modifient pas son attitude passive et lointaine durant l'amour. Je persiste à croire que le temps jouera en ma faveur, qu'elle oubliera « l'autre » et qu'elle m'aimera. Après le mariage, la visite de son appartement, préparé à recevoir un nouveau locataire, ne m'apprendra rien sur son passé. Il est rangé dans des caisses soigneusement fermées.

Nos noces eurent bien lieu cinq semaines plus tard. Les réticences et autres avertissements de ma mère et de ma sœur la concernant, s'envolaient au loin, sitôt entendus. L'avis de mon père et de mon beau-frère étaient, par contre, beaucoup moins tranchés. Là où les femmes de la famille mettaient en exergue égoïsme et intéressement, les hommes parlaient d'une femme fragile et difficile (un euphémisme que Julien Clerc a utilisé dans un de ses tubes). Et ajoutaient avec ironie : « Mais ne le sont-elles pas toutes ? » Après l'échange des vœux, mon père et mon beau-frère me félicitèrent avec sincérité, alors que les « femmes » du clan le firent du bout de lèvres.

Dans la perspective du mariage et de notre vie de couple, Ariane avait démissionné de l'entreprise, ce qui ne surprit personne. Malgré la rapidité de son départ (elle ne prestait pas de préavis), une petite fête fut organisée à son intention. Rien à voir avec celle des départs à la retraite, comme le souligna avec ironie la responsable de son département chargée de prendre la parole. A la direction générale, nous avions trouvé plus sympathique de limiter le verre de départ au département dont elle dépendait, et de ne pas désigner celle ou celui qui prononcerait les quelques mots de circonstance. Nous laissions ses collègues et amies choisir parmi les volontaires. A peu près tous et toutes se proposèrent. Sincérité ou opportunisme ? Afin de ne susciter aucune jalousie, la désignation se fit en fonction de l'organigramme. Quelques mots qui anticipaient les félicitations et les vœux de bonheur qu'elle réitérerait après les noces. J'avais fait passer la consigne d'abandonner la collecte de rigueur, en faveur d'un bouquet et d'une boîte de fruits confits fournis par la direction. Un toast à sa vie future, baisers et félicitations, sincères ou non, et Ariane pouvait se consacrer entièrement à notre mariage.

Elle voulait tout organiser dans les moindres détails. Elle dû cependant se résoudre à recourir aux services d'une agence spécialisée. Fatiguée, elle devenait irritable. Dès qu'elle hésitait à poser un choix, je craignais, à juste titre, qu'elle ne changea plusieurs fois d'avis. Elle se refusait à me consulter. «Tu es trop occupé et puis ce jour-là est le mien, même s'il est aussi le nôtre concédait-elle ! Il doit être le plus beau jour de ma vie ! » Il le fut. Enfin je l'espère. Par la suite, jamais, ni ses yeux, ni son attitude, ni le moindre de ses gestes, ne reflétèrent autant de satisfaction.

Les choses auraient-elles été différentes, si nous avions pu enchaîner avec l'habituel voyage de noces ? Peut-être ? Mais il m'était impossible de le programmer dans l'immédiat ! Comme elle me le reprochera à diverses reprises par la suite, peut-être l'ai-je vraiment sacrifiée sur l'autel de mes ambitions professionnelles ? Ainsi lorsque je fus contacté par une entreprise publique dans laquelle, grâce à mon statut de haut fonctionnaire, j'aurais bénéficié d'un horaire plus souple, ce qui nous aurait permis, en principe, de déjeuner chaque jour ensemble, je refusai. Quoique légèrement inférieure, la rémunération restait attrayante. Par contre, le travail l'était nettement moins. Ce refus elle me le reprochera lors de la moindre petite dispute. De même qu'elle en parlera autour d'elle, à la famille, aux amis anciens et nouveaux, aux voisins, à la femme de ménage, à tous ceux que nous connaissions, à toute personne qu'elle rencontrait, même pour la première fois... Une attitude surprenante dont je n'osais lui faire reproche.

Dans la confortable villa que nous allions occuper, elle serait (jouerait, ai-je même pensé, et je m'en voulus par la suite) l'épouse d'un cadre de haut niveau. Tout d'abord décorer les lieux selon ses envies. Ensuite recevoir une partie des invités venus à la noce : la famille, les amis proches, des relations professionnelles importantes pour ma carrière et bien sûr, des caciques du groupe. Des invitations qui donneront lieu à la réciprocité. Elle pourrait passer davantage de temps avec Jérôme. Son fils, « notre » fils se plaignait d'être trop souvent chez sa grand-mère. Et pourquoi ne pas reprendre en partie les études auxquelles elle avait dû renoncer à la suite d'une grossesse non programmée ? Ou plus simplement des cours de dessin ? De peinture ? Art auquel elle regrettait de n'avoir jamais osé s'essayer. Hormis le côté mondain, une vie agréable l'attendait. Elle pourrait s'offrir tout ce dont elle avait envie. C'était ma vision, assez restreinte ou trop simpliste des choses. Je m'en rendrai compte par la suite.

Les craintes que j'avais eues, en tant que futur beau-père d'un gamin qui découvrait mon existence, s'estompèrent vite. Jérôme habitué à un cercle familial restreint à deux femmes, nul besoin de l'apprivoiser, c'est lui qui vint vers moi. Il fut convenu au départ qu'il m'appellerait par mon prénom. Si avec les adultes, il donnait l'impression d'un enfant calme, taiseux, replié sur lui-même, il en était autrement avec les enfants de son âge. Les quelques fois où je suis allé le rechercher à la sortie de l'école ou chez un copain où il avait passé l'après-midi, je vis un être bien différent : joyeux, exubérant même. Anne-Françoise m'avait dit un jour : « Un miracle que mon petit-fils soit si équilibré. » A quoi je lui avais répondu : «C'est grâce aux deux femmes de sa vie et ce n'est pas un miracle ! » Plus au fait des rôles de chacune, j'aurais pu dire : « C'est grâce à vous ! » Jérôme était un bon élève, bien intégré dans sa classe, sans être un leader. Entre lui et moi, le courant passa dès les premières rencontres. Que représentait Laurent pour lui? Un simple prénom attestant qu'il n'était pas un enfant né de père inconnu. Mon expérience des enfants je la devais (merci Catherine) à Jean-Luc et Mathieu, mes pétulants filleuls. Je regrettais de n'avoir pas davantage de temps à consacrer à ce garçon dont la vie manquait de présence masculine. En dehors de mes occupations professionnelles, mon temps libre je le

vouais à Ariane en priorité. Elle n'aurait pas admis qu'il en fut autrement. Je réussis toutefois à tisser entre le garçonnet et moi des rapports privilégiés. Tout d'abord, en venant à son secours dans la résolution de devoirs de mathématiques et de sciences. Puis via le sport. Anne-Françoise l'avait inscrit au Tennis-Club tout à côté. En dehors des leçons individuelles, il n'avait pas l'occasion de s'entraîner. Je lui proposais un jour de nous y rendre pour échanger quelques balles. Hésitant, il scrutait mon visage comme pour s'assurer que ma proposition était sincère. Dans la voiture, il trépignait d'impatience, en prenant possession du terrain, il bondissait de joie. Au retour, il osa :
— On remettra ça, hein Étienne ?

De temps à autre, pendant qu'Ariane se reposait ou se préparait à notre sortie à deux, nous nous rendions en catimini au club. Il prit goût à cette heure volée au temps dû à sa mère et il ne tarda pas avec l'inconscience de son âge, à proposer en mimant la décontraction : « Un petit set ? » Je lui offrais, de façon adroite, quelques occasions de marquer des points, en appliquant les conseils que je lui prodiguais. La poignée de fin de match qu'échangent les adversaires, il l'accompagnait d'un baiser de remerciement qui gagnait en chaleur au fur et à mesure des « rencontres ». Nous revenions comme deux malfaiteurs, lui les joues en feu et moi heureux du plaisir qu'il prenait et des progrès qu'il faisait. De plus en plus souvent, lorsqu'il s'agissait de m'appeler à la rescousse ou de me remercier, il remplaçait Étienne par « papa ». Ni Anne-Françoise ni Ariane ne firent de remarque à ce sujet. Je n'avais pas pris la place d'un autre dans sa vie, je m'étais installé dans un siège inoccupé.

Un dimanche après-midi où nous étions seuls à la villa, moi couché dans le divan devant un match de foot (j'admets être un homme comme les autres et me comporter parfois comme tel), Ariane dans « son atelier », une pièce du rez-de-chaussée pour laquelle diverses affectations avaient été envisagées : salle de jeu, petit salon TV, lingerie... et abandonnées en faveur d'un endroit rien qu'à elle, un lieu secret, mystérieux... Réfutant le terme de bureau, ulcérée par celui de « boudoir » proposé par Catherine avec son ironie légendaire, nous avions convenu de le nommer ainsi puisqu'elle s'y enfermerait pour lire, dessiner... dans le calme. Respectant ses consignes, je n'avais plus mis les pieds dans l'atelier depuis l'aménagement définitif de la pièce, c'est-à-dire lors de la réception, deux jours auparavant des travaux : peinture, carrelage, mobilier, stores... exécutés selon ses consignes, dans un délai record. Soudain un bruit de verre brisé me fait sursauter. Elle est dans le couloir un débris de verre dans la main d'où s'échappent quelques gouttes de sang. Je me lève d'un bond.
— Je me suis blessée, ça fait mal !
Elle a besoin de moi, j'apprécie l'occasion rare qui m'est offerte de pouvoir m'occuper d'elle. Une fois la plaie désinfectée et recouverte d'un pansement,

armé de la ramassette[3], je la suis dans l'atelier, endroit auquel, pas plus que quiconque, je n'ai librement accès. Aux murs, encore vides, elle s'apprêtait visiblement à suspendre plusieurs sous-verres encore emballés, qu'elle extrayait d'une caisse en carton, ouverte à ses pieds. Elle avait entrepris de les dépoussiérer, l'un d'entre eux endommagé durant le transport, venait de se briser entre ses mains. Je la rassurais, la consolais, car Ariane transformait volontiers un incident bénin en une véritable catastrophe. La coupure lui importait moins que le sang qui aurait pu souiller la reproduction d'une peinture de Van Gogh un de ces « *Champ de blé avec gerbes* ».

— Regarde, mon amour, il est intact. De toute façon, nous aurions trouvé une solution.

Mon ton est à la fois ferme et apaisant. Prêt à lui tendre le sous-verre suivant : « *Champ de blé avec un moissonneur* ».

— J'aime l'association du jaune et du bleu !

Justifie-t-elle. Et elle poursuit,

— Assieds-toi je vais te montrer quelques-uns parmi mes préférés.

Prenant place tel un étudiant devant sa maîtresse, prêt à l'écouter attention. Elle me montre deux des « *Meules* » de Claude Monet, puis « *La Gare Saint-Lazare* », encore du bleu.

Je feins d'écouter ses commentaires et explications. Je suis sous le charme d'une femme, la mienne, je

---

3   Belgicisme, désigne une petite pelle pour les balayures.

la regarde de la tête aux pieds, ses lèvres bougent, mais il s'agit d'une héroïne d'un film muet, je n'entends rien. Je suis amoureux et mes pensées vont ailleurs.

— Arrêtons, je suis fatiguée. Je terminerai les accrochages un autre jour. Sois rassuré, je le ferai avec précautions cette fois. Ne m'en veux pas. Lui en vouloir ! Moi, savourant encore ce moment d'intense émotion, me viennent en tête, de nouvelles destinations pour nos week-ends en amoureux. Le musée Van Gogh à Amsterdam, qu'elle visitera pour la seconde fois, la Maison et le Jardin d'Étienne Monet à Giverny, The National Gallery à Londres, le Musée d'Orsay à Paris...

Du revers de sa main « valide », elle me caresse la joue. Un geste plein de douceur qui me surprend et me fait tressaillir. Dans ses yeux, l'appel à l'aide d'un être en plein désarroi. Des images me reviennent à l'esprit, la mer du Nord, Ariane tout contre moi, me confiant des réminiscences douloureuses de son enfance.

— Qu'y a-t-il ?
— J'ai peur.
— De qui ? De quoi ?
— De moi-même.
Un court instant, elle hésite, va-t-elle poursuivre ?
— Tu ne sais pas tout de moi, il y a des choses que je ne peux pas te dire.
— Tu peux tout me dire, je t'aime, je ferai n'importe quoi pour toi.

— Toute petite j'ai perdu un être cher dont j'ai très peu de souvenirs. Une photo que je te montrerai un jour mais pas aujourd'hui. Il s'agit d'un secret de famille. Il m'est interdit de le divulguer. Serre-moi dans tes bras, cela me fait du bien.

Depuis notre week-end à la côte, nous n'avions plus été aussi proches. J'obéis avec bonheur. Je l'entoure d'un geste tendre et protecteur. Tenant dans mes bras la femme que j'aime, je savoure ces instants trop rares à mon goût. Des confidences attendues, espérées, je n'aurai qu'une seule phrase énoncée sur un ton bizarre, comme si soudain ses pensées devenaient audibles. Simplement quelqu'un qui pense à voix haute dirait un être pragmatique. Avec elle, il m'est impossible de l'être.

— Crois-tu en l'hérédité ?

Elle ne me regarde pas, le ton est bas, on croirait qu'elle s'adresse à elle-même. C'est pourtant bien à moi qu'elle pose la question. Prudent, je mesure les termes de ma réponse.

— On ne peut ignorer que certains traits physiques se transmettent.

— La dépression peut-elle se transmettre en héritage ?

Une question qu'elle semble destiner plutôt à elle-même qu'à moi, elle contient une inquiétude. Pris au dépourvu, un terrain sur lequel j'avance avec prudence.

— On hérite d'avoirs ou de dettes, auquel cas il faut renoncer à l'héritage. Une réponse lapidaire sans rapport avec ses craintes. J'enchaîne aussitôt. Mais pas d'un état dépressif puisqu'il s'agit d'un mal-être dû à des problèmes importants auxquels est confronté un individu. J'ai improvisé à la hâte une réponse rassurante dans un domaine où je ne connais rien !

Elle s'écarte et me prend la main, m'entraînant vers le divan. Une des rares fois, peut-être la seule, où elle prendra l'initiative. Alors que d'habitude, elle est silencieuse pendant l'amour, elle me surprend à nouveau en chuchotant : « Appelle-moi Belle. » Ce que je fais. Pas le moment de réfléchir. Le lendemain, devant mon écran d'ordinateur, mon esprit s'évade de la colonne de chiffres sur laquelle mes yeux sont fixés. Pourquoi « Belle » ? Je fais soudain le lien avec « Belle du Seigneur », un roman rangé dans l'armoire en fer. Lorsqu'une autre fois je me hasardai à la nommer ainsi, elle me priera de ne plus utiliser ce mot ! Conscient de ne pas avoir épousé la plus facile des femmes, je ne creuserai pas. Un détail à transférer à « la corbeille » !

Anne-Françoise, que je questionnerai sur le secret de famille, l'être cher disparu, déclarera ignorer à quoi sa fille faisait allusion. Il ne pouvait s'agir du décès d'un nourrisson qui devait être sa sœur aînée. J'avais été mis au courant dès avant le mariage par ma future belle-mère, qui m'avait prié ne plus aborder le sujet. J'insistais sans aucun résultat. Anne-Françoise mettra fin à notre conversation, avec l'habilité qui est la sienne, par une simple phrase.

— Elle nous a reproché tant de choses à son père et à moi !

Le lendemain les accrochages des précieuses reproductions sont terminés. Elle fera cela avec précaution, je peux être rassuré. Ariane me fait visiter « son atelier » à la manière d'un guide fier de « son » musée. Un bureau sur lequel est posé un ordinateur et qui lui sert aussi de table à dessin, un divan pas très grand mais confortable (je le sais à présent), poussée contre le mur dans un coin afin de ne pas encombrer la pièce, une armoire en fer à double porte, fermant à clé, vestige des bureaux d'autrefois. Elle la voulait à tout prix et j'étais fier d'avoir réussi à la trouver. Ariane l'ouvre lentement, comme on soulève le couvercle d'une malle au trésor, comme s'écartaient les murs de la caverne d'Ali Baba. Ses beaux yeux me disent : c'est un cadeau que je te fais, apprécie-le ! Le côté gauche est utilisé au rangement de ses blocs et autres fournitures, l'autre moitié est convertie en bibliothèque. Laquelle ne contient que ses ouvrages préférés qu'elle peut avoir envie de relire (les autres sont rangés, soigneusement emballés au grenier). Et tout en bas, superposés, les catalogues achetés lors de visites d'expositions de peintures. Je me penche pour découvrir les titres inscrits sur les tranches : Millet/Van Gogh, Marc Chagall, Picasso… trop tard ! Je n'en saurai pas plus, elle referme à clé les lourdes portes. Près de la fenêtre, du mouvement de ses bras, elle délimite sur le sol l'espace prévu pour le chevalet que j'ai promis de lui offrir. Jusqu'ici hésitante, elle se réjouit à présent de commencer à s'essayer à la peinture et décide de s'inscrire à des cours. Je n'attendais que son signal, chevalet, peintures, et fournitures diverses arriveront le lendemain même du jour où elle me remet sa liste. A la manière d'un prêtre fermant son église après un office, derrière nous, elle tire lentement la porte de l'atelier et en même temps rétablit l'omerta sur le secret de famille qui la tourmente.

Sa nouvelle vie l'amusa quelque temps. Elle prévoyait de déjeuner chaque jour en dehors. Au tout début de notre vie commune, comme prévu, je m'efforçais de me rendre libre à l'heure du déjeuner. Promesse difficile sinon impossible à tenir. Incompatible, en tout cas, avec l'exercice de mes fonctions qui concernaient l'ensemble des succursales. Après une période durant laquelle, je multipliais les retards, lui fis plusieurs fois faux bonds, elle prit l'habitude d'inviter, des amies (elle en avait peu), des anciennes collègues, des voisines mêmes. Des rendez-vous réguliers s'installèrent. Puis, les unes après les autres, les amies et anciennes collègues se désistèrent : service trop lent, d'où impossible de manger calmement et de digérer avant de retourner travailler, même en remplaçant le vin par l'eau. Trop de monde et de bruit dans les sandwicheries, converser sans élever la voix est impossible. Ariane se sentait de moins en moins concernée par les petits ragots du boulot, principal sujet de conversation avant les problèmes familiaux. De plus, ses anciennes collègues faisaient preuve de méfiance à son égard, elles hésitaient à confier certains faits même banals. Ariane ne faisait plus partie du personnel, elle était devenue l'épouse d'un directeur. En panne de sujets de conversation, ses déjeuners n'avaient plus d'intérêt, même si c'était elle qui réglait la note à chaque fois. Elle en vint à se tourner vers sa mère. Celle-ci invoqua la difficulté de venir en ville et d'y trouver une place de parking. Elle proposa d'aller la chercher et de la ramener. Malgré cela, de commun accord, elles limitèrent leurs rencontres à un rendez-vous hebdomadaire, car trop souvent ces déjeuners, sensés les divertir, donnaient lieu à des confrontations. Puis elles cessèrent de fixer des rendez-vous. Dans leurs rapports il n'y avait jamais eu la moindre trace de complicité. Anne-Françoise considérait que si Ariane éprouvait le désir de lui parler, elle lui suffisait de s'attarder un peu lorsqu'elle venait rechercher Jérôme.

Attendre Jérôme à la sortie de l'école, converser avec les autres parents, lui servir un goûter et l'aider à faire ses devoirs l'amusèrent pendant un court, très court laps de temps. Puis, elle accepta que sa mère, désolée de ne plus le reprendre chaque jour comme elle l'avait l'habitude de le faire, s'en chargea un jour sur deux. Il ne fallut pas longtemps pour qu'Ariane laissât son fils à l'étude les autres jours de la semaine. Après les week-ends projetés à la suite de l'incident dans l'atelier, entrecoupés de quelques dimanches à la côte pour lesquels nous emmenions Jérôme, Ariane se déclara très fatiguée et refusa toutes mes propositions. Elle choisit de demeurer à la villa, enfermée dans son atelier. Culpabilisé par l'ennui qu'elle traînait les autres jours, je me pliais à ses désirs. Les week-ends qu'elle instaura ne comportaient guère de divertissements ni pour elle ni pour moi. Le samedi était « son jour ». Un programme banal, du shopping en couple, nous déposions Jérôme chez sa grand-mère jusqu'au dimanche midi. Ensuite, une séance de cinéma, si elle avait repéré un film intéressant parmi les sorties de la semaine. Hors de question de faire de longs déplacements, le programme de la journée tel qu'elle l'avait établi, était suffisamment fatigant, et pour elle et pour moi. Moi qui rêvais de longues promenades dans les bois, je pourrais remplacer fatigant par ennuyeux. J'aurais volontiers substitué à la pollution de la ville un grand bol d'air frais. Hors de question, la campagne, Ariane ne l'aimait que sur une toile. Mes désirs n'étaient pas les siens. Elle sortait pour voir du monde, des gens et non des arbres et quelques rares promeneurs. Nous terminions cette journée dans un des restaurants à la mode, après avoir pris un apéritif en terrasse. Nous prolongions parfois la soirée, en compagnie d'un couple d'amis, en général un de mes collègues et son épouse. Le dimanche, elle faisait la grasse matinée. Selon elle, cela lui était impossible en semaine. Jérôme allait à l'école et même je me chargeais de l'y conduire, malgré d'infinies précautions, je la réveillais. Elle était incapable de retrouver le sommeil. Après quelques essais, je renonçais à poursuivre ma participation aux balades à vélo du groupe des « FAK ou Fervents Avaleurs de Kilomètres » (!), dans lequel j'avais pu trouver ma place, peu après mon arrivée. Il réunissait sept ou huit, employés et cadres de l'entreprise, férus comme moi de « la petite reine ». Pas question d'écourter la balade. Modifier le parcours afin de réduire le nombre de kilomètres, impensable ! Chacun y va de son commentaire : « C'est foutre notre dimanche en l'air. » — « Me rendre de mauvaise humeur toute la semaine. » — « Pourquoi ? Pour être rentrés plus tôt à la maison ? Et alors? » — « Nos femmes sont habituées à présent. » Leurs épouses, peut-être ? Du moins le croient-ils. Pas la mienne en tout cas ! Je me retirai donc pour le bien de tous, sauf le mien et rangeai, non sans regrets, vélo et casque, au nom de l'Amour.

Ariane aimait que je sois à la maison à son réveil, elle qui souffrait déjà d'être seule tous les jours de la semaine. Pourtant, nous ne faisions pas grand-chose. Bien peu de mes propositions suscitaient en elle une envie suffisante pour qu'elle soit disposée à abandonner un livre, un film, son bloc à dessins, et lorsqu'il faisait beau, son transat… Le summum de la pénitence ? Aller rendre visite à ma famille ! Une proposition qu'elle rejetait systématiquement. De même, hors de question de les recevoir ! Excédée par les insistances de Catherine, Ariane avant de mettre un terme à leur conversation téléphonique reprit la première phrase d' « *Anne Karénine* » : « Les familles heureuses se ressemblent toutes, les familles malheureuses sont malheureuses chacune à leur façon. » Ma sœur ne reviendra sur ce coup de fil que bien après « l'incident ». Nos dimanches se ressemblaient tous, malgré une légère variante. Soit nous allions déjeuner au restaurant et malheureusement, au retour, la fatigue de la semaine (que miraculeusement une balade aurait fait disparaître), le vin aidant, je m'endormais dans un fauteuil ou un canapé. Une courte sieste qui me valait bien des reproches. Soit nous allions dîner, dès le début du service, car Jérôme allait à l'école le lendemain. Ariane parlait alors de « sortie ratée ». Elle voulait voir du monde et à cette heure, il n'y en avait pas !

« Voir du monde », dans ce cas précis, signifiait observer l'attitude des gens aux autres tables, leurs habits, ce qu'ils commandaient, la manière dont ils mangeaient, s'ils conversaient peu ou beaucoup, éventuellement saisir quelques propos, évaluer leur entente… Il y a les amoureux, ceux qui se disputent, ceux qui s'ennuient. Et nous ? Nous commentions la carte, les mets qui nous étaient servis, goûtions les plats l'un de l'autre, mais ici pas plus qu'à la maison, nous n'avions de véritable conversation. Je ne pouvais décemment pas lui parler de mon travail. De toute façon elle n'aurait pas écouté ou m'aurait demandé de me taire. L'actualité, en dehors des événements importants, l'intéressait peu et elle, qui se proclamait depuis toujours une femme de gauche, avait horreur de parler politique. De livres ? Lesquels j'avais l'impression qu'elle relisait sans cesse les mêmes. La questionner ? Surtout pas sur son emploi du temps !

Toujours follement amoureux, je ne pouvais la laisser s'enfoncer dans l'inactivité et l'ennui. Elle ne pouvait passer les journées sans bouger de la villa, telle une séquestrée ! Tous mes efforts pour lui redonner le goût à un de ses loisirs d'autrefois, demeuraient vains. Les cours de danse sans Colette devenaient ennuyeux. Quant aux piscines des alentours (où nous aurions pu emmener Jérôme), elles étaient devenues infréquentables. Il était temps d'aborder le projet qui me tenait à cœur, mais qui n'avait pas fait l'objet d'une vraie conversation : un enfant. Avant le mariage, je n'avais fait qu'effleurer le sujet. Elle ne s'était pas prononcée. Je la sentais sur ses gardes. Arriver à la convaincre me semblait possible. En fin stratège, je préparais « le » moment.

« Douze jours de congé, week-end compris, pas un de plus ! » Tel est le résultat de mes négociations auprès de la direction générale. Le plus facile pour moi était de recourir aux services d'une agence spécialisée dans les vacances de luxe individualisées. Je n'avais pas oublié le poster des Maldives punaisé au mur de son ancien bureau. «Un moyen de s'évader tout en travaillant », avait-elle dit. Décroché et enroulé avec soin, par une collègue, il n'échappa pas aux petits dégâts inhérents à un déménagement. Dans un premier temps, Ariane le reconstitua, tant bien que mal, à l'aide de papier collant, puis le jeta. Les efforts déployés m'inclinèrent à penser que le paysage qu'il représentait, faisait partie des endroits dont elle rêvait de se rendre un jour. Dangereux de croire que l'on a pu deviner les désirs d'une femme.

Sur l'épaisse enveloppe de l'agence, j'avais écrit : « Voyage de noces, enfin ! » Un large sourire à la lecture et un regard neutre après l'ouverture du pli. Parmi la documentation relative à notre destination exotique, accompagnant billets d'avion et vouchers, une brochure dont l'une des photos correspondait, assez bien, il me semble, au poster malencontreusement déchiré. Devant une physionomie ne reflétant aucune émotion, je réagis immédiatement.
— Tu aurais préféré une autre destination mon amour ?
— Merci. Non. Je ne sais pas.
Elle m'embrassa de la même manière qu'elle le faisait chaque jour à mon retour d'une journée de travail, sans plus ! Psychologiquement déstabilisé, je me balançais de gauche à droite, à la manière d'un animal qui ne sait pas encore sur quelle patte il va commencer à avancer. « Ce sera merveilleux », dis-je d'un ton convaincant. Enfin je le croyais.

Promesse non tenue ! Une expérience à ne pas renouveler ! Elle détestait l'avion. D'ailleurs, elle souffrait du mal du transport. Comment avais-je pu oublier le CD que nous avions écouté durant le voyage à la mer du Nord ? La formule de luxe : bungalow privé sur pilotis « pieds dans la mer », avec jacuzzi sur la terrasse, relié au bâtiment principal par une longue passerelle en bois, n'eut pas l'effet escompté. Elle refusait de se baigner dans l'eau tiède et turquoise. En cause les minuscules poissons multicolores qui arrivaient dès que nous mettions un pied dans l'eau. Fi de la petite embarcation à moteur amarrée à notre ponton qui nous permettait une balade plus en avant dans la mer ou encore rejoindre le restaurant sans emprunter la passerelle. Les dîners sur la terrasse en bois ouverte sur la mer, poissons frais, coquillages, fruits variés... quelques musiciens et chanteurs, des airs tour à tour entraînant et mélancoliques, un cadre et une ambiance qualifiées par l'agence comme idylliques, peut-être pour bon nombre de clients mais pas pour elle. Ambiance qui ne réussira pas à chasser sa mauvaise humeur. En cause les moustiques attirés par les lampions colorés et qu'elle accusait de tous se concentrer sur elle. Elle n'avait pas tort. Les moustiques choisissent leurs proies, et elle en était une. Les divers produits sensés la protéger se révélaient inefficaces. La nuit, elle grattait avec vigueur les traces des nouvelles piqûres. Lorsqu'elle marquait une pause, c'était pour s'enduire de crème. Le poster dans le bureau n'était pas à elle, mais à celle qui occupait précédemment le bureau. Un collègue avait cru lui rendre service en le décrochant et en le rangeant avec les quelques affaires qu'elle emportait. Elle l'avait malencontreusement déchiré et elle avait tenté de le recoller. Elle ne sait trop pourquoi d'ailleurs. Puis, en fin de compte, elle s'en était débarrassée avec soulagement. Que de malentendus et d'erreurs à propos d'un simple rectangle de papier. Les deux derniers jours, je bénis intérieurement la pluie tropicale qui « malheureusement » ne cessa de tomber. Après ce fiasco complet, j'étais persuadé que mon envie de paternité, allait devenir quasi impossible à défendre. C'était sans compter sur le hasard et le côté imprévisible, les grincheux disent versatile, des femmes en général et de la femme de ma vie en particulier !

Elle avait passé l'après-midi au cinéma. Un film magnifique, dont j'ai oublié le titre et l'intrigue qu'elle m'a pourtant longuement narrée. L'essentiel est qu'il lui avait « redonné goût à la vie ». Je ne relevais pas l'expression et embrayais directement sur « donner la vie ». Elle se montra réticente à l'évocation de ce qui devait être à mes yeux un désir commun. Nous étions côte à côte sur le sofa, Difficile pour elle de trouver une échappatoire. Un temps de réflexion était nécessaire pour qu'elle donne sa réponse.

— Un mariage, on peut y mettre fin. Justifia-t-elle et elle ajouta :

— Un enfant c'est pour la vie ».

Et puis, comme elle me l'avait déjà confié, elle gardait le souvenir horrible d'une grossesse très difficile. Elle devait en parler, recueillir des avis. Une phrase lâchée lors d'une conversation téléphonique et ma mère mit ma sœur dans la confidence. Elles reconstituèrent le club des « anti-Ariane » d'avant le mariage pour ressortir leur lot de critiques et parmi elles, l'égoïsme de mon épouse.

Son assentiment me fit bondir de joie. Je savais que l'amour de ma vie était un être plein de contradictions. Cette fois, cela me réjouissait. Elle rentrait d'une après-midi d'errance au centre-ville. Sans la connaître, je remerciais l'ancienne collègue avec laquelle elle avait partagé un café et qui avait réussi à la convaincre. Beaucoup d'arguments dont quelques-uns avaient fait mouche : un désir normal pour un homme de 40 ans, un enfant soude un couple, il vaut mieux une fratrie qu'un enfant unique et pour l'enfant et pour les parents... Elle ne tarda pas à être enceinte. Aucunement étonné, je lui fis remarquer que nous avions la preuve qu'elle était faite pour donner la vie. Sa première grossesse était « un accident », celle-ci nous l'avions voulue. Elle ne ressemblerait donc pas à la précédente.

Malheureusement, les semaines et les mois qui suivirent, démentirent mes propos. Ils se révélèrent catastrophiques. Elle dut à nouveau demeurer allongée. Elle vivait très mal cette grossesse qui ressemblait à la première « en pire », selon elle. Elle la supportait d'autant moins, qu'à une fin de printemps aux températures fraîches, succédait un été trop chaud.

Au rez-de-chaussée, face à l'entrée de la large terrasse ombragée surplombant le jardin, je disposais une méridienne. Confortablement installée, Ariane avait devant elle la vue d'un jardin merveilleusement aménagé et entretenu selon le contrat passé avec une société des environs. Les journées s'écoulaient au ralenti, ennuyeuses, d'autant que plus rien ne l'intéressait : TV, radio, livres, magazines, DVD, CD...! Elle détestait les réseaux sociaux. Elle n'utilisait pas mon dernier cadeau : une tablette plus légère sur ses genoux qu'un PC. Peu d'amies pour venir la distraire. Elle se nourrissait de sucreries et de soda dont j'avais du mal à la priver. Les kilos, conséquences normales de ce « gavage », accentuèrent sa mauvaise humeur. Elle ne supportait pas de se voir dans un miroir ! Une grossesse qui se révélait être de toute évidence plus difficile à supporter encore que la première. Elle était seule. Lorsqu'elle attendait Jérôme, Colette était à ses côtés. Elle lui faisait la lecture, partageait ses repas, prenait soin d'elle et lui communiquait sa bonne humeur. Je contactais son amie, en vain. Bien que fatiguée par de longues journées de travail, elle aurait volontiers pris la route, mais les encombrements à ces heures rendaient les déplacements compliqués. Un week-end peut-être ? Alors en compagnie de son époux... Je savais que le véritable obstacle était Alex, un être maladivement jaloux qui n'appréciait pas plus

Ariane qu'il ne m'appréciait. S'appréciait-il lui-même ? Si oui, dans ce cas, il avait tort !

Des mois qui me semblèrent interminables, durant lesquels un sentiment de culpabilité ne me quitta pas une seconde. Les résultats des prises de sang et autres analyses mirent en exergue une succession de risques divers, dans le désordre : diabète, albumine, thyroïde... liste non exhaustive. L'accouchement, épisode ultime après des mois pénibles, j'ai choisi de ne pas l'évoquer. Seul compte l'aboutissement. Une petite fille magnifique en bonne santé et qui fait encore aujourd'hui mon bonheur. Les mois qui suivirent furent difficiles. Ariane subit l'ablation d'un kyste au cou. Divers dérèglements hormonaux donnèrent lieu à un traitement médical constant. Les kilos de la grossesse s'envolèrent et d'autres encore ! Traumatisée par une chute de cheveux importante, elle décida de se cloîtrer dans la villa. Elle ne ressemblait plus à la femme dont j'étais tombé follement amoureux. Ses yeux dorés avaient perdu une partie de leur éclat. Plus elle s'éloignait de l'image qu'elle avait d'elle-même, plus son état dépressif s'accentuait. Il en fallait davantage pour que je cesse de l'aimer avec autant d'intensité. N'étais-je pas responsable de ce qu'elle endurait? Mon désir d'être père à tout prix... Constamment fatiguée, privée de toute joie de vivre, elle était incapable de prendre soin d'un nouveau-né. Dès la sortie de la clinique, Anne-Françoise était venue à notre secours, j'embauchais une jeune puéricultrice pour l'aider. Ma belle-mère m'aida à sélectionner la bonne personne.

Les nombreux faire-part que j'avais envoyés, dans lesquels j'invitais les destinataires à venir rendre visite à l'accouchée et au nouveau-né, n'apportèrent pas le résultat attendu. Beaucoup de cartes de félicitations, de coups de téléphone, de mails mais nettement moins de visites. Ce furent surtout des personnes qui n'étaient pas venues à la noce et n'avaient donc pas été invitées par la suite à la villa. Leurs visites étaient probablement dictées par la curiosité, moins vis-à-vis du nouveau-né que de l'aménagement intérieur de notre habitation. Des visites collectives, un cadeau qui l'était également. Peu importaient les cadeaux, seule leur découverte pouvait apporter un peu d'émotion à une accouchée ! Et surtout, j'aurais aimé qu'Ariane puisse confier ses problèmes à d'autres femmes, qu'elle se sente entourée et comprise.

Elle commença à consulter une sorte de médium qu'elle avait vue à la télévision. Après quelques semaines, elle parlait sur un ton plus léger. Était-ce déjà l'effet des premières séances? Ou le temps (lequel s'allongeait de plus en plus) passé hors de la villa, qu'elle comparait parfois à une geôle ! Je lui suggérai à nouveau de retourner à la piscine, de reprendre des cours de danse. Inconcevable, compte tenu de l'état qui était le sien ! Elle rejetait tout effort physique. A mon grand soulagement, elle rejeta également la médium au titre ronflant de

« conseillère dans l'art de vivre ». Les bougies, huiles, encens et gadgets de toutes sortes qui avaient envahi la plupart des pièces de la villa, disparurent tout à coup.

Je ne partageais pas l'avis de Catherine, qui se souvenant des études de médecine qu'elle avait entamée et très vite abandonnée, prétendait qu'en raison d'une hypophyse défaillante, Ariane ne secrétait aucune ocytocine. Dès lors, absence d'attachement maternel, de liens sociaux, etc. Pas de rouge dans les analyses de sang, en tout cas au niveau de l'hypophyse. Mais afin d'éviter toute querelle à ce sujet, je pris cette « découverte » comme une excuse à l'attitude tant décriée de la femme que j'aimais. D'ailleurs, de l'amour il y en avait dans notre quotidien. Les enfants aimaient leur mère. Jérôme s'inquiétait de son absence, regrettait qu'elle ne soit pas là. Lisa tendait les bras dès qu'elle voyait sa maman. Lorsqu'elle sera capable de se déplacer, elle se précipitera vers elle, « à quatre pattes », puis comme en bipède, d'un pas d'abord hésitant, puis affirmé. Ariane aimait ses enfants, mais le montrait peu (à l'égal d'Anne-Françoise). Elle était fière des progrès de sa fille. Elle avait souffert d'un manque de tendresse dans son enfance. Lucide, elle ne reproduirait pas le schéma. Elle serrait ses enfants tendrement contre elle, mais elle n'était pas une maman multipliant à l'excès les câlins. De même par la suite, elle eut toujours du mal à exprimer son amour maternel par des petits surnoms affectueux. Des dessins de ses enfants, il y en avaient de nombreux dans « son refuge », « son isoloir » dixit d'Anne-Françoise (qui avait enfin renoncé au terme boudoir). Elle y passait de plus en plus de temps, somnolant sur le divan, la TV allumée, le son coupé. Elle fermait la porte à clé pour ne pas être dérangée. Le chien que nous avions choisi les enfants et moi, une montagne des Pyrénées mâle (comme dans Belle et Sébastien), dont elle avait accepté l'acquisition, fut assez vite capable d'ouvrir la porte d'un coup de patte et ainsi la surprendre. Elle s'endormait en bas et venait finir sa nuit dans notre lit. Au fil du temps, elle me rejoignait de plus en plus tard. Le sofa devint son lit. Il ne lui procurait pas un sommeil réparateur et le matin, la maison enfin vide, elle regagnait « Sa » chambre à l'étage pour quelques heures de vrai repos. Ce moment, elle le savourait pleinement et ne s'en cachait pas. Alors que Anne-Françoise lui reprochait de se coucher au lieu de donner le petit déjeuner à sa fille, elle lui répondit, comme par bravade : « Rien ne vaut le bonheur de se retrouver le matin, seule dans un grand lit ! » Outrée, ma belle-mère me rapporta les faits. Ariane, épuisée, n'était plus tout à fait elle-même. Elle avait besoin de repos...

Relater dans la chronologie la lente dégradation de notre couple et de notre vie familiale est difficile. Les problèmes de santé d'Ariane engendrés par la grossesse s'étaient amplifiés, multipliés et n'avaient pas disparu avec la naissance, à l'inverse de ce que nous avions espéré. Je portais une lourde responsabilité. Mon désir d'être père était tel que j'avais minimisé ses réticences, occulté ses interrogations, relégué au rang de caprices les arguments qu'elle avait opposés. Durant la grossesse je l'avais aidée à supporter ses souffrances. Je croyais sincèrement les partager. La naissance de Lisa est à tout jamais le plus beau jour de ma vie. Pour Ariane, la joie de mettre au monde une fille en bonne santé, coïncidait avec l'aggravation de ses problèmes de santé et la faisait très vite entrer dans une période de dépression post-partum. La seconde de sa vie de mère. Atteinte dans son intégrité physique, Ariane la ressentit plus intensément que la première et les antidépresseurs se révélèrent peu efficaces. Les divers spécialistes consultés pour soigner son corps lui avaient conseillé une aide psychologique qu'elle avait toujours refusée. Confier son mal-être (« mettre à nu mon âme ») à une personne étrangère, elle trouvait cela plus impudique que découvrir tout ou partie de son anatomie.

Ariane continuait à prétendre qu'elle s'en sortirait seule, il lui fallait juste un peu de temps. La réalité démentait ses propos. Je ne pouvais assister à l'étiolement de celle qui était « mon grand amour ». Il fallait que je réagisse au plus vite et sans la brusquer ! Le médecin de famille, dont c'étaient les derniers mois d'activité, vint à mon secours. Comme un grand-père qui conseillerait sa petite-fille, ils s'entretinrent en aparté. Elle réfutait le besoin d'être soignée, mais elle acceptait l'idée d'une psychanalyse. Savoir qui elle était vraiment ? Je devais l'accompagner, au cas où un(e) autre patient(e) serait encore dans la salle d'attente, cette personne ne saurait pas qui vient consulter. En tout cas pas jusqu'à ce qu'il sorte ! Les améliorations de son état au début de la psychanalyse me firent espérer, au-delà du raisonnable, une évolution importante et rapide. Avant de passer chez un neurologue, Ariane se constitua une liste de spécialistes commençant par psy : psychanalystes, psychiatres, psychologues, psychothérapeutes. Il y eut ensuite un neuropsychiatre, puis plusieurs « thérapeutes » dont j'ignorais la formation. Les médicaments, prescrits successivement par les uns et les autres devaient, en principe, remplacer les précédents, et non s'y ajouter ! Ariane ne gaspillaient pas les ordonnances, toutes étaient utilisées dans les temps prescrits, même si les médicaments étaient rangés en attente dans une petite armoire dont elle seule avait la clé. Cette double addiction, aux spécialistes et aux médicaments, elle ne s'en débarrassera jamais. Deux béquilles sur lesquelles elles s'appuyaient sans pour autant progresser et qui peu à peu prenaient notre place, aux enfants et à moi. Une famille de substitution en quelque sorte !

J'avais attendu des miracles. Non seulement il n'y en eut pas, mais nous avancions dans une voie sans issue, un cul-de-sac. Même si, lentement, elle sortait du déni. Mener la vie d'une famille banale, d'un couple avec deux enfants, était au-dessus de ses forces, elle le reconnaissait. Mon amour, toujours bien présent, portait le poids de ma culpabilité grandissante. Je l'aimais dans l'aveu de ses faiblesses et je renonçais, à tort peut-être, à exiger d'elle quoi que ce soit.

Chaque jour, elle descendait au centre-ville en voiture. Deux rendez-vous par semaine chez le psy, l'une ou l'autre visite chez un spécialiste en rapport avec ses problèmes de santé persistants, le coiffeur, la masseuse... et enfin quelques courses. Les achats vestimentaires « coups de cœur » lui procuraient encore un réel plaisir, de courte durée, mais qu'elle étalait et m'invitait, pendant un court instant, à partager. Puis succédera la période des achats sans grande importance, à la limite des gadgets qui ne seront pas déballés. Telle était la vie d'Ariane. Elle n'était ni heureuse ni malheureuse. C'est à cette époque que je fis l'acquisition, à sa demande, d'un appartement au huitième et dernier étage d'un building situé le long d'un boulevard du centre-ville. Je cédais, assez vite, aux arguments qu'elle avançait lesquels firent sursauter sa mère. M'opposer à elle, je n'ai jamais pu. « Un bon placement », disait-elle. En cela elle n'avait pas tort ! « Et puis Jérôme pourra l'occuper lorsqu'il ira à l'université. » Deux chambres à coucher ! Nous étions loin des kots habituels. Elle évoqua alors la colocation que recherchent les étudiants. Elle y séjourna de plus en plus souvent et de plus en plus longuement. Je réagis mollement. Est-ce par lâcheté ou parce mon amour que j'avais assimilé à un roc, finissait-il par subir l'érosion non pas du temps mais des déceptions ? Je niais ce que je ressentais au fond de moi : la dégradation progressive de mes sentiments « attaqués » par un virus destructeur. Catherine prétendait que cet amour était venu s'ajouter à celui que je portais déjà à Lisa, laquelle ressemblait beaucoup à sa mère. Un transfert en somme, sans ambiguïté. Un amour que ma belle-mère jugeait excessif, une véritable adoration, selon elle, tout en reconnaissant que je ne négligeais pas pour autant Jérôme vis-à-vis duquel j'avais toujours eu l'attitude d'un père biologique.

Les deux dernières années, le fossé entre Ariane et nous se creusa davantage. Ariane, éthérée, de plus en plus fatiguée m'échappait complètement. Après deux accidents rapprochés, elle renonça à sa voiture. Selon mes conseils, elle faisait appel à un taxi pour ses déplacements. Puis, les jours et les nuits passés seule à l'appartement s'enchaînèrent. L'appartement avait été vendu avec dans le salon-salle à manger, quelques meubles anciens dont, en principe, nous devions nous débarrasser, il n'en fut rien. Les projets de décoration, de choix d'ameublement, elle les abandonna. Seule une des chambres fut aménagée. Celle qui allait devenir... sa pièce. De manière assez basique, une chambre complète commandée sur catalogue avec un secrétaire assorti. A sa demande, je lui apportais quelques caisses de la villa. Normalement lourdes, collées, sans inscription, j'ignorais leur contenu. Des livres, des photos... paraît-il. Certaines ne seront jamais ouvertes. Après quelques mois d'une situation bancale, en tout cas perçue ainsi par tous, je me poserai des questions sur ses intentions réelles. Elle était, une fois encore, dans le déni. « Je suis malade, il s'agit d'une retraite provisoire. »

Pas question de venir en taxi à la villa, elle craignait les commentaires des voisins. Nous ne pouvions pas venir à l'appartement à l'improviste et bien souvent, mes nombreux appels en absence ne donnaient lieu à aucun retour. Exceptées quelques rencontres sans aucune régularité, elle n'était plus présente dans nos vies que par le biais de rares conversations à distance. Comment les enfants et moi-même avons vécu sans elle à nos côtés ? Nous formions ce que j'appelais : « une famille presque recomposée ». Une formule bizarre qui me faisait songer à celles que ma grand-mère inventait et qui provoquaient mes rires. Avec celle-ci, j'avais du mal ! L'attitude des enfants, leurs discours, leurs facultés à s'adapter à la situation m'étonnèrent et me rassurèrent. Leur mère habitait ailleurs. De temps en temps, ils parlaient avec elle au téléphone. Face à elle, ils se comportaient comme si tout cela était normal. Chacun percevait la situation à sa manière, selon son âge. Jérôme assimilait notre mode de fonctionnement à une séparation, avant un divorce. Dans sa classe, des copains étaient confrontés à des problèmes semblables. Lisa, elle, ignorait les questionnements et les sous-entendus de son frère. Sur un ton simple et sincère, elle disait : « Maman est malade. » Une formulation qui lui permettait de justifier la séparation et qu'elle répétait à ses amies, aux voisins, à n'importe quel curieux lui posant la question : « Et ta maman ? » Aux membres de la famille (Catherine et Cie, p.ex.), elle expliquait : « j'ai un papa, un frère, un papy, deux mamy, une tante, un oncle, deux cousins, un chien et… » reprenant sa respiration, l'air soudain sérieux, « une maman malade ! »

Ariane me téléphona. Le timbre de sa voix, inhabituel, un mélange d'excitation, de joie, me surprit. Elle me raconta ses retrouvailles avec Colette, parla de son nouveau travail. Je repris espoir. Elle contacta également sa mère et la supplia de venir au magasin avec les enfants. Anne-Françoise vit cela comme une occasion de permettre aux enfants de voir enfin leur maman. Ariane était heureuse de les serrer dans ses bras, le disait, le répétait. Ils la virent une fois, une seule fois, la dernière fois.

De ce drame, je ne me remettrai sans doute jamais. Je dois à mes enfants de ne rien montrer de mon chagrin, de mon désarroi, de mes illusions perdues, de la sensation coupable d'une vie de couple ratée. J'ai un but : rendre notre vie à trois la plus belle possible. Mes enfants grandiront heureux. Je serai à la fois leur père et leur mère.

IV.

C O L E T T E (1)

Pour la vie

Son amie d'enfance, demeurée sa meilleure amie, même âge, divorcée d'Alex, sans enfant.

«Une amie pour l'éternité » : cinq mots que d'une main tremblante j'écris dans le livre d'hommage. Philippe, sans doute délégué par son épouse, jette un coup d'œil sur ce que je viens d'inscrire, puis il tourne la tête vers les siens pour un échange complice. Une formule banale, oui ! Mais sincère. Avec Ariane, une part de moi-même s'en va. Elle emmène dans son voyage l'essentiel de mon passé, de notre passé. Moi je ne garde que les souvenirs. Mes souvenirs je vais les entretenir, les nourrir, les cultiver, y consacrer chaque jour du temps. Comme les croyants consacrent chaque jour du temps à leurs prières. Je sais que sans cela, ils vont s'estomper, se dénaturer. Je ne le veux pas. Ariane conservera intacte sa place dans mon cœur, elle y sera toujours présente, quel que soit l'endroit où je me rends, elle m'accompagne. Mais nous n'aurons plus de conversations complices, je ne pourrai plus l'embrasser, la serrer dans mes bras pour la réconforter. Ce manque je le ressens déjà dans ma chair. Je perds celle qui était et sera jusqu'à ma mort, ma meilleure amie. Notre amitié était viscérale, elle venait des profondeurs de l'âme. Je m'éloigne de la famille et de la belle-famille, de tous ces bien-pensants. Leurs chuchotements, dont je saisis l'essentiel, me blessent. Ils ne l'ont jamais aimée et à cet instant sacré, ils la dénigrent. Des flétrissures qui me font mal. Réfractaires à toute altérité, ces gens n'ont pas cherché à la comprendre. Peu importe qu'ils se moquent de moi et de ma peine. Tout ce qu'ils disent d'elle est sacrilège !

Aussi loin que je puisse remonter dans mes souvenirs d'enfance, Ariane est présente. Sans doute qu'en creusant davantage ma mémoire, des souvenirs plus anciens pourraient remonter à la surface, mais ils n'ont aucun intérêt. Ma vie a commencé à notre rencontre. Avant, je n'étais qu'un têtard. Cette année-là, mes parents avaient renoncé à partir en vacances. Nous emménagions dans une villa avec jardin située dans un quartier résidentiel, sur les hauteurs de la ville. J'avais quitté un voisinage, une école, un lieu où la rue était un terrain de jeux et... des ami(e)s. J'utilisais les mots « amis, amies », sans encore avoir réellement éprouvé les sentiments que sous-entendent ces termes. Mes parents m'avaient préparé à ce changement en faisant miroiter l'attrait d'une maison plus grande, d'une chambre plus confortable et surtout d'un jardin dans lequel j'aurai plaisir à gambader, en toute sécurité. Au bout de quelques jours, le jardin représentait un enclos, joli certes, mais dans lequel, seule, sans compagnons de jeux, je m'ennuyais. Depuis mon arrivée, les volets de la villa voisine demeuraient obstinément fermés. Chaque jour, dès le lever je guettais le moindre signe de vie, en vain. Alors que je désespérais d'y voir un jour les traces de la présence d'éventuel(le)s compagnes ou compa-gnons de jeux, le miracle eut lieu. Des voix d'adultes donnant des ordres et les réponses d'une petite fille. A travers la haie de la hauteur d'un adulte de bonne taille, fébrile, je cherchais à apercevoir l'enfant dont j'avais entendu la voix. La gamine, de l'autre côté faisait de même et soudain, nous sommes toutes deux face à face, étonnées, effrayées presque, à l'endroit où quelques plants séchés ne reprenaient plus vie. A peine le temps de distinguer la silhouette d'une fillette aux cheveux courts et je recule aussitôt, le cœur battant. A travers les branchages, deux yeux immenses d'une étrange couleur fixent les miens. Durant l'après-midi, nous allons nous livrer, en silence, à un jeu de cache-cache : tout à tour se dévoiler, puis se dérober au regard de l'autre. Il faudra attendre le lendemain pour que nous osions nous parler.

Dès après le petit-déjeuner, excitées par notre rencontre de la veille, animées par l'envie de nous connaître, nous sommes à l'endroit où le feuillage est rare, immobiles, guettant chacune l'arrivée de l'autre. D'elle j'ai en mémoire ses yeux bizarres et tellement beaux ! C'est moi qui prends l'initiative.
— Comment t'appelles-tu ? Moi c'est Colette.
— Ariane, dit-elle simplement.
Sur mes sollicitations répétées, Ariane, petite et frêle, saisit la main que je lui tends et se glisse à travers la haie. Plus grande et surtout plus corpulente, je risquerais d'accrocher mes vêtements. Timide, elle retire doucement sa main. Une jolie main, petite, frêle, sentant bon le muguet. Fascinée par leur nuance dorée, j'ai du mal à décrocher mes yeux des siens.
— Tes yeux ! On dirait des bijoux, des vrais, ceux qui coûtent cher.

A partir de cet instant, nous sommes devenues comme ces perruches d'Afrique dont la photo figure dans un mon « Atlas des Animaux », des Inséparables. Ariane parlait peu, elle attendait les questions et y répondait par quelques phrases entrecoupées de silence. Docile, elle se pliait sans rechigner aux règles des jeux que j'inventais pour nous. J'étais la meneuse, un rôle qui me convenait et dont j'abusais tout en restant sur le ton de la bienveillance.

Ses grands-parents paternels l'avaient ramenée, quelques jours auparavant, des Ardennes où ils demeuraient. Elle était un peu triste, car elle les aimait beaucoup, ils étaient si gentils avec elle ! Je lui expliquai que mes parents et moi venions d'emménager et que les vacances avaient été consacrées, selon leurs termes, « à rafraîchir » la villa inoccupée depuis longtemps et à l'aménagement du jardin. J'apprendrai plus tard que le bien acquis par mes parents était autrefois occupé par des membres de la famille de ma nouvelle amie. Nos dernières vacances d'enfants insouciantes touchaient à leur fin. Terminée la maternelle, nous allions toutes deux entrer en première année à la « grande école ». Mes parents avaient choisi de m'inscrire à l'établissement scolaire tout proche, celui qu'Ariane fréquentait déjà. Nous étions nées en octobre de la même année, à deux jours d'intervalle, cette découverte nous ravit. Trop jeunes à ce moment pour nous soucier des signes astrologiques ! Quand nous le ferons nous parlerons de nous comme de deux plateaux d'une même balance. Et pourtant nous avions des personnalités contrastées. Moi, extravertie, d'un naturel joyeux, conciliante mais capable de me mettre en colère face à l'injustice, de foucades si l'on me privait de quelque chose auquel je tenais particulièrement. Ariane, introvertie, l'air morose qu'on aurait cru tatoué sur son joli visage, devenu au fil du temps sa marque de fabrique et qui donna lieu à des interprétations diverses. Non elle n'était pas habitée en permanence par une tristesse profonde. Ariane la cérébrale aimait s'extraire de son environnement attirée par des réflexions sur des sujets qu'elle ne désirait pas partager. Si d'aucuns arrivaient à la faire sourire, très peu pouvaient l'amener jusqu'au rire et je faisais partie de ceux-là. Je lui transmis le goût du rire exprimé en éclats, elle me transmit le goût de la lecture. Elle essaya également de me faire partager celui du dessin, mais je n'étais pas douée. Mes «œuvres» provoquaient gloussements et quolibets, bien mérités d'ailleurs, alors que les siennes suscitaient l'admiration. Je ne l'ai jamais vue en colère, par contre j'ai subi ses bouderies auxquelles je mettais fin en déployant des trésors d'indulgence, de patience, d'ingéniosité aussi. Combien de temps auraient-elles duré sans mon intervention ? Je n'ai jamais osé prendre le risque. Filles uniques, le hasard avait offert à chacune d'entre nous un merveilleux cadeau : une sœur. Il nous fallait apprendre les codes de la fratrie.

A l'école, nous avons partagé le même banc, la même table. Une proximité qui m'a permis de réussir des examens sans beaucoup d'efforts ! Je me fiais à Ariane, une bûcheuse. Elle était gauchère, je prenais donc place à sa droite. Ados, nous avons commencé ensemble à fumer en cachette, à nous maquiller en cachette, ce qui valut à Ariane d'avoir la tête mise de force sous la douche. Sa mère ne fit qu'exécuter la sentence du père. Par la suite, elle devint, à mon image, experte dans l'art du mensonge et de la dissimulation. Mais au contraire de moi, elle n'en retirait aucun plaisir ! Nécessité fait loi ! Elle était ma confidente, j'étais la sienne. Nos premiers flirts : rendez-vous, premiers baisers, premiers chagrins, nous les avons partagés. De même, par la suite, les boites de pilules contraceptives pas toujours aisées à se procurer. J'apprendrai plus tard qu'elle ne les utilisait pas ! Nous avons perdu notre virginité à quelques jours d'intervalle, moi la première. Nous avions projeté de connaître notre première expérience de femme la même semaine : je fis patienter mon amoureux du moment, alors qu'elle pressa le sien ! Laurent, sans conteste son premier amour, lui qui depuis la maternelle avait pour elle un regard émerveillé, le même que celui du prince charmant pour la Belle au bois dormant. Il devait avoir cinq ans lorsqu'il tira la fève de la galette des rois, et qu'il la choisit comme reine, faisant fi des mains levées et des cris « moi, moi, moi » sur un ton suppliant, des autres petites filles de la classe. Ariane, elle, calme, comme absente, attendait que cela se termine. Je n'ai pas assisté à la scène, mais telle que racontée par Laurent, je peux facilement l'imaginer.

La « lucidité » de ma mère (« Soyons lucides » avait-elle dit ! »), m'empêcha d'être aux côtés de mon amie dans un amphi. Ma mère ne visait pas mes capacités intellectuelles, mais mon investissement dans l'étude de plusieurs centaines de pages de syllabus. Déçue d'être séparée d'Ariane, j'en voulus longtemps à mes parents, tout en sachant qu'ils n'avaient pas tort. Ils m'embauchèrent en tant que vendeuse, dans l'une de leurs boutiques.

Comme toutes les filles trop souvent collées l'une à l'autre, nous nous querellions parfois. L'origine de nos chamailleries évolua avec le temps. Vint l'époque où les garçons nous draguaient toutes deux, savourant d'avance les heurts qu'ils allaient provoquer. Quels que soient les motifs, nos querelles étaient de courte durée. Une fois pour toute nous avions mis les choses au point. L'amitié qui nous unissait, était exceptionnelle et ne pouvait être mise en danger par qui ou quoi que ce soit. Surtout pas par l'un ou l'autre garçon au physique avantageux.

Nos parents ne se fréquentaient pas, ils se saluaient poliment et échangeaient quelques mots. Tout au plus se sont-ils invités tour à tour pour un apéritif, peu après notre installation dans le quartier. Des rencontres qu'ils ne renouvelèrent pas, ils n'avaient pas grand-chose en commun. Quand mes parents avaient abordé le lien de parenté qui unissait leurs hôtes aux propriétaires de l'immeuble qu'ils louaient, le père d'Ariane avait écourté la conversation d'un ton sec. Sujet tabou ! Plus tard, lorsque nous reviendrons Ariane et moi sur le mutisme de ses parents à ce propos, mon père fera allusion au film *Poltergeist*[4]. De quoi nous effrayer et clore une fois pour toutes le sujet.

Les parents d'Ariane étaient doués pour mettre d'emblée mal à l'aise les gens avec lesquels ils n'avaient à priori aucune affinité. A quelques exceptions près, ils n'étaient guère appréciés par les habitants du quartier. Son père, conseiller en assurances et placements, ne cherchait pas de clients parmi ses voisins, au contraire, il préférait avoir entre lui et eux une certaine distance géographique. Son raisonnement était simple : il ne voulait pas être dérangé chez lui à n'importe quel moment. Par contre, parcourir chaque semaine plusieurs centaines de kilomètres, ne le dérangeait pas, au contraire. Plus tard, Ariane comprendra mieux ce choix de vie.

L'absence de relations amicales entre nos parents n'avait pas empêché l'éclosion de notre amitié et n'ébranlera pas sa solidité. Dès l'enfance, entre elle et moi, les liens étaient forts, profonds. Comme chez toutes les gamines, nos relations, bien qu'étroites et sincères, n'étaient pas exemptes d'une pointe de jalousie, mais nous l'évacuions très vite. Nous avons traversé l'inévitable période des comparaisons. « Ma maison est plus belle que la tienne ! Mon jardin est plus grand que le tien ! Ma

---

4   En français – Esprit frappeur, série de 3 films de Tobe Hooper 1982, Brian Gibson 1986, Gary Sherman 1988.

chambre... » On aurait pu nous prendre pour deux sœurs si nous n'avions pas été si différentes physiquement. Hormis la même peau claire, pâle même, j'étais plus grande, plus ronde, les cheveux bruns. Sur ces deux derniers points, je ressemblais à ma mère. Plus petite, plus frêle, Ariane avait des cheveux d'une teinte qu'elle qualifiait de blond sale. Difficile de dire si Ariane ressemblait davantage à sa mère ou à son père. En tout cas de ce dernier, elle avait les yeux, ces yeux qui m'avaient interpellée dès leur apparition de l'autre côté de la haie. Un regard qui attirait les garçons et suscitait chez les filles un sentiment d'envie, de jalousie qui se traduisait parfois par de l'animosité. Dans un tel climat, notre amitié prit une tournure plus exclusive encore et limita nos contacts avec les autres condisciples à des relations superficielles. Je pouvais aisément m'adapter et trouver une place dans n'importe quel groupe. Cela lui était impossible! Sans doute ai-je contribué à l'isolement d'Ariane dans la suite de sa vie ? J'en éprouve aujourd'hui de la culpabilité.

L'approche des premières vacances d'été suivant notre rencontre nous rendait, à l'encontre de nos camarades de classe, un peu tristes. Nous allions être séparées. Les mois de juillet et d'août, nous les aurions volontiers passés dans notre jardin, à poursuivre nos jeux, parfois stupides d'ailleurs, tel notre concours de coups de soleil. A cette époque, nous n'étions pas encore sensibilisées aux dangers des mélanomes. Comme chaque année, Ariane séjournerait un mois à la mer du Nord, avec ses parents. Elle évoquait ses vacances sans grand enthousiasme. Heureusement, ses grands-parents paternels viendront les rejoindre pour un week-end, à l'issue duquel ils la ramèneront chez eux au fin fond des Ardennes pour une quinzaine de jours. C'est à ce moment que commençaient, selon elle, les vraies vacances. Avec mes parents, nous roulions vers l'Espagne, tractant une caravane jusqu'au camping où nous avions nos habitudes. Sur le chemin du retour, après notre première séparation, j'étais très impatiente de la retrouver afin de partager les souvenirs des moments joyeux passés l'une sans l'autre. Excitée, je fus la première à « raconter » : la piscine, les barbecues, les diverses animations, la bande d'enfants, des habitués mais aussi des étrangers de passage, de nationalités diverses, avec lesquels je tentais de converser, les échanges d'adresses au moment de se quitter, les lettres que j'allais écrire dans l'espoir de réponses. Je ne prêtais aucune attention au visage d'Ariane qui se fermait au fur et à mesure de ce qui était pour elle un verbiage ininterrompu, jusqu'à ce qu'elle invoqua les tâches urgentes qui l'attendaient. Je demeurai immobile, en mains une enveloppe pleine de photos du camping, de ma bande de copains, des villes que nous avions traversées. Je n'étais qu'une enfant excitée à l'idée de raconter tout ce que j'avais vécu pendant le mois où nous étions séparées. J'en faisais trop ! Tout cet étalage avait exacerbé les frustrations de mon amie. Sur mon insistance, elle revint vers moi le surlendemain. J'avais passé des week-ends à la mer du Nord et j'en avais apprécié les divertissements. Il fallait qu'elle goûte, elle aussi, au plaisir de se raconter. Sur un ton joyeux, je l'abreuvais de questions sur les « incontournables » de la côte belge (questions dont je connaissais les réponses) : les vélos, les cuistax, les cerfs-volants, les luna parks. Et puis, les coquillages que l'on ramassait au moment où la mer commençait à se retirer et qui servait de monnaie d'échange contre les fleurs en papier, les concours de châteaux de sable... Sans oublier les mouettes qui passaient au ras de l'eau, ailes déployées, en poussant des cris perçants et qui n'hésitaient pas à ravir des victuailles sur les tables des terrasses voire même dans les mains des promeneurs. J'aurais aimé qu'elle me raconte en détails son séjour et que nous puissions retrouver notre complicité. N'importe quelle gamine se serait inventé des vacances de rêves, pas Ariane. Des réponses concises, sur un ton posé, mais le soupçon de rose qui colora ses joues, indice d'un instant de plaisir, récompensa mes efforts.

Ariane préférait évoquer les deux semaines passées chez ses grands-parents dans le village où ils étaient nés et qu'ils n'avaient jamais quitté. A son tour de partager ses souvenirs de vacances. Des moments heureux car débordants de tendresse. Promenades, parties de pêche et cueillette avec son grand-père, ramassage des légumes du potager et préparations en cuisine avec sa grand-mère. Le soir avant de se coucher, des jeux de société les réunissaient tous les trois. Ses grands-parents refusaient de laisser entrer chez eux la télévision ! Quelques courtes escapades avec des enfants du voisinage qui se terminaient les pieds dans la rivière, dont les eaux basses ne permettaient pas la baignade. Durant les années qui suivirent, Ariane ne dévoila pas grand-chose sur le mois passé à la mer avec ses parents, sinon d'obscures allusions à de « petites » disputes de couple. A notre retour, j'insistais à chaque fois pour qu'elle me montre les dessins qu'elle avait faits. Toujours les mêmes, mais de mieux en mieux maîtrisés : des mouettes en plein vol, la mer, les bancs et ses occupants, des silhouettes de promeneurs. Elle aurait aimé en faire davantage, mais ses parents ne lui laissaient emporter qu'un seul bloc. Au-delà, ils parlaient de « gaspillage » ! Heureusement, la frustration ressentie à la mer du nord, était compensée par l'encouragement de ses grands-parents. Chez eux, pas de restrictions, elle pouvait donner libre cours à son amour du dessin. Une fois rentrée, elle cachait soigneusement ses blocs avant que sa mère n'inspecta ses bagages. Quand elle me raconta une histoire compliquée (dans laquelle elle se perdait elle-même un peu) de rencontres avec des Anglaises chez qui, invitée, elle se rendrait l'année prochaine, je compris que j'avais suscité en elle un sentiment qui pouvait altérer notre amitié : l'envie, sentiment qu'elle tentait de compenser par le mensonge. Cela m'étonna. En ce qui me concernait, en quoi mes vacances de cette année différaient-elles de celles des années précédentes ? Que raconter de neuf, à par l'une ou l'autre anecdote. Décision prise de commun accord : au retour plus d'histoires de vacances, juste le plaisir de nous retrouver, de constater que l'amitié était toujours aussi intense. Nous nous autorisions à comparer nos changements physiques, de profil devant un miroir, dos à dos, nous pouvions voir que l'écart entre nous se creusait. Ce n'était pas qu'une question de centimètres mais aussi de kilos, ce qui me désolait ! Ensuite, nous nous préparions pour la rentrée scolaire toute proche.

Hélas, quelques années plus tard, son grand-père qu'elle aimait tant, souffrant d'une maladie grave, dont elle ignorait le nom, ne fut plus capable de quitter son domicile, malgré les soins prodigués avec dévouement par son épouse ! Leur amour, leur tendresse manqueront terriblement à Ariane qui ne trouvera aucune compensation auprès de ses parents. Un tournant dans sa vie et une faille dont elle ne guérira pas. Ce fut l'époque où dans nos jeux, nous décidèrent toutes deux de faire de nous des « enfants adoptés ». Nous pouvions donner libre cours à notre imagination. Pour l'abandon nous nous inspirerions des détails d'horribles affaires faisant la une des journaux mis en évidence à la librairie où nous achetions nos bonbons, Des parcours chaotiques qui changeaient à chaque jeu et sur lesquels nous nous attardions peu. A nos yeux la partie la plus intéressante était la fin. Un happy end : un couple de gens riches et célèbres faisait de nous leurs enfants chéris ! C'est à celle qui aurait les parents les plus riches, les plus beaux, les plus aimants... Il y a un point sur lequel nos différentes versions ne changeaient pas, nous demeurions des filles uniques. Pas de fratrie dans nos familles adoptives, cependant les couples étaient toujours des amis ou finissaient, grâce à nous, par se rencontrer et se fréquenter régulièrement.

Les rythmes de notre développement physique un peu décalés perturberont nos relations. Je fus femme la première. Mise au courant, Ariane trouva cela dégoûtant. Elle redoutait le moment où cela lui arriverait. Une étape à laquelle sa mère ne l'avait pas préparée. Je commençais à ressembler à une femme, alors qu'elle avait toujours l'apparence d'une gamine. Par contre, des problèmes familiaux nous rapprochaient : les disputes de plus en plus fréquentes de nos parents respectifs. Si les miens choisiront de divorcer, les siens, selon les codes de la bourgeoisie (bien que non-croyants), respectaient les « liens sacrés du mariage ». Seule la mort pouvait les séparer. Alors que moi, j'assistais à leurs disputes sans me sentir concernée, les doigts dans les oreilles en été, un bonnet bien enfoncé sur la tête en hiver (Étrange que le port de cet accessoire vestimentaire à l'intérieur de la maison ne suscita de leur part aucun questionnement), Ariane, elle, en souffrait énormément. Il lui arrivait de pleurer en racontant les scènes dont elle pensait être la cause. Jusqu'au jour où des rumeurs insistantes lui apprirent l'existence d'une seconde femme dans la vie de son père. Après avoir longtemps douté, car elle avait placé son père sur un piédestal dont elle pouvait difficilement l'en descendre, à sa majorité, elle admit le fait.

Pourquoi mit-elle tant de temps pour admettre que son père n'était pas l'homme parfait qu'il prétendait être ? Il ne la ménageait pourtant pas, même en présence d'étrangers, moi y compris. Enfant, je m'aperçus très tôt que son père ne l'aimait pas. Ariane se plaignait de ne pas le voir suffisamment, alors qu'elle était l'objet de reproches, de dénigrements. Les brimades qu'elle me rapportait, et qui provoquaient ses larmes, je les savais vraies. Après avoir été témoin, par-dessus les haies, de plusieurs scènes, mon père qui m'a transmis en héritage son goût des sobriquets dont il affublait sans modération les gens de son entourage, la baptisa « Cosette ». Peu importe qu'elle mangea à sa faim, le manque d'amour dont elle souffrait frôlait la maltraitance. Il évita de l'utiliser devant moi, après que j'eus manifesté mon mécontentement par des : « Papa ! » sur un ton horrifié. Il voulait me faire rire et il me blessait. Il le comprit et me promit d'y renoncer. Mais quelquefois, une « Cosette » lui échappait. Ma mère et moi feignions de ne pas avoir entendu. Mon père était intrigué par cette petite fille qu'il trouvait « bizarre ». Sa manière à lui de dire qu'elle était différente de celles que je ramenais parfois à la maison. Un jour, il lui demanda :
— Que veux-tu devenir plus tard ?

Une question que les adultes ont l'habitude de poser à des adolescents. Lorsqu'ils l'adressent à des enfants, c'est en général dans le but de pouvoir s'amuser de leurs réponses.

Je veux être une grande amoureuse.

— Ah bon ! C'est quoi une grande amoureuse ? Mon père, interloqué, le demande sans malice.

— Je ne sais pas !

Ariane partit en courant. Mon père, déçu, aurait aimé prolonger le dialogue. Il fut frappé par le petit air sérieux avec lequel s'exprimait une gamine de sept ans, au point qu'il raconta l'anecdote à la plupart de ses amis.

Ariane, enfant sensible devint une adolescente romantique qui se nourrissait de fantasmes et de drames. J'étais épatée par son imagination débordante. Moi qui en avais peu. Ainsi, elle proclama longtemps qu'elle était la fille cachée d'Ernest Hemingway. Elle admirait à la fois l'écrivain et l'homme. Elle s'imaginait à ses côtés dans ses endroits préférés à Cuba, à Venise, à Paris, en Afrique... Elle se voyait en Espagne dans les rangs des opposants au franquisme, se cachant les yeux dans les gradins des arènes où se déroulaient des corridas. L'imagination d'Ariane ne s'encombrait pas de dates, pas de chronologie. Les lieux avaient leur importance, ils apportaient leur lot de magie. Et puis les sentiments que ses rêves éveillés étaient capables de susciter.

— Pourquoi ne serait-il pas mon père ? Il est bien le parrain de Claude Brasseur !

Ce lien de parenté imaginaire fut longtemps l'objet de taquineries. Chaque jour, je lui demandais :
— Comment se porte papa Ernest ce matin ?
Un code entre elle et moi qui nous permettait de nous retrouver, seules, malgré le monde qui nous entourait. Son attitude était le baromètre de son humeur du jour. Si elle levait les yeux au ciel, notre journée serait agréable, si elle fronçait les sourcils, je ne devrais pas ménager mes efforts pour la dérider! Plus tard, un autre Ernest, soyons précises « Ernesto » puisqu'il s'agit du Che, rejoindra le rang de ses idoles, en tant que parrain choisi par son père.

Dès qu'Ariane sut lire couramment, les livres devinrent mes principaux adversaires. Il est vrai qu'elle se débrouillait déjà pas mal au moment de notre entrée en première année. Avant mon arrivée, elle trompait son ennui en furetant dans la collection d'encyclopédies de ses parents. Déçus par la qualité des définitions et commentaires, ils regrettaient leur achat trop hâtif. Les énormes ouvrages n'avaient dès lors pas leur place dans la partie noble de la bibliothèque. Ariane pris l'habitude de les feuilleter à la recherche d'illustrations. C'est ainsi que peu à peu elle arriva à déchiffrer quelques mots parmi les commentaires accompagnant les photos d'animaux ou des paysages de pays qui la faisaient rêver. Maintenant qu'elle apprenait à lire, elle ne devait plus se cacher et elle avait librement accès à quelques-uns des rayonnages de l'imposante bibliothèque. La lecture se transforma d'autant plus vite en une véritable passion, qu'Ariane vivait dans une atmosphère silencieuse. « Chez mes voisins c'est *Le monde du Silence* », disait mon père à nos amis, faisant allusion au film du commandant Cousteau. Pas de musique ni classique ni de variétés... tout cela n'était que du bruit et le bruit incommodait Louis. Anne-Françoise veillait. Elle rappelait souvent sa fille à l'ordre. Ariane avait pris l'habitude de chuchoter. Dès qu'elle prenait la parole à l'école, tous lui demandaient de répéter, puis d'élever la voix. Chez elle, je l'imaginais, petite souris cachée dans un coin craignant d'être repérée ! Le soir, le père souverain décidait de l'heure à laquelle Anne-Françoise devait allumer le minuscule poste de télévision et bien entendu sur quelle chaîne. Au point de vue musical, Ariane ne garda aucune frustration, car chez nous, « les béotiens », dixit Louis, la musique raisonnait à travers les étages. Comme chaque membre de la famille, mon amie avait le droit d'exprimer ses préférences.

Cependant, plongée dans un livre qui la passionnait ou dans une de ces énormes encyclopédies, Ariane préférait le calme de sa chambre à l'ambiance de notre maison. J'utilisais au maximum ma force de persuasion pour qu'elle abandonne le livre en cours afin de reprendre nos jeux. Elle tentait de calmer ma jalousie en me racontant la merveilleuse histoire qui l'absorbait tant. Je faisais semblant de m'y intéresser afin qu'elle s'arrête au plus vite. Hélas pour moi! Les études secondaires accentuèrent son penchant pour la lecture. Je me mis à regretter l'époque des œuvres de la Comtesse de Ségur, qu'elle lisait pendant que moi je collectionnais les « Martine ». En histoire de la littérature, le professeur citait des auteurs en nous demandant de simplement retenir leur nom et deux ou trois titres-phares de la liste de leurs œuvres, Ariane, elle, lisait un ou plusieurs livres. Elle eut sa période, interminable, « héroïnes malheureuses ». Ses lectures ne comportaient que de sombres histoires d'amour et pour la plupart des siècles passés. Il lui suffisait de tendre la main vers la bibliothèque familiale pour se les procurer ! Chez nous la « bibliothèque » débordait de DVD de films d'action et de films d'horreur!

Heureusement, le père d'Ariane interdisait tout prêt de livres à des étrangers. Sauvée, pensais-je ! Se souvenant de nos ruses d'enfants, Ariane prétextait une lecture au jardin et me les passait, un à la fois, à travers la haie ! C'est ainsi que j'eus entre les mains, avec ordre de les lire, notamment, *Madame Bovary*, *La Dame aux camélias*, *La Chartreuse de Parme*, *Anna Karénine*, *Guerre et Paix*, *La Reine Margot*... Ensuite, ce fut sa période « conflits sociaux », avec *Germinal* couplé avec *Les raisins de la colère* (je retrouve son « petit côté socialo » dixit mon père). Lors de chaque restitution, pas de verbatim (heureusement!), elle me demandait :
— Tu l'as lu ?
— Oui.

C'était invariablement ma réponse, quand bien même je n'avais fait que feuilleter, voire ouvrir, chiffonner un tout petit peu et refermer !

— Ah bien ! Et tu as aimé ? Le regard enjoué, les yeux convaincants, puis elle secouait la tête de haut en bas plusieurs fois, dans l'attente de ma réponse. Un second « oui », un pieux mensonge. Enfin, pas toujours! Parfois, prise par l'intrigue, je lisais, en « sautant » les passages purement descriptifs ou ennuyeux et, surprise, j'arrivais à la dernière page ! Mais il fallait que je demeure fidèle à mon personnage, cela faisait partie du jeu.

Comme je lui faisais remarquer que tous ces auteurs étaient morts depuis très très longtemps, elle me glissa entre les mains… *Belle du Seigneur*, qui deviendra son livre de chevet. Enfin j'osais lui dire stop ! Dorénavant, elle pourrait me tendre la main à travers la haie pour autant qu'elle soit vide, auquel cas, je lui serrerais bien volontiers ! J'irai même jusqu'à la baiser à l'égal d'un chevalier. Elle n'abandonna jamais et grâce à un bouquiniste installé dans une rue étroite du centre-ville, lequel s'était pris de sympathie pour une adolescente qui, enfin une, maniait les livres avec d'infimes précautions, elle put m'offrir à moindre coût *La Promesse de l'aube*, *Le Soleil se lève aussi*, *Gatsby le Magnifique* (que « son père » Ernest H. avait lu avant parution et avait aimé), et bien d'autres ouvrages encore, quelques-uns de *Patrick Modiano* et les œuvres quasi complètes de *Françoise Sagan*, que j'ai conservées précieusement, et dont je n'ai pas terminé la lecture. «A présent, tu as une bibliothèque », dit-elle. Plus chère à mon cœur, « Ma boîte aux trésors » : une immense caisse en carton utilisée pour les déménagements, que je mis de longues heures à customiser, pleine de souvenirs : photos, petits billets, lettres (si Ariane a développé très tôt sa fibre épistolaire, elle était par contre rétive aux réseaux sociaux), coquillages, fleurs séchées... et l'original de son exposé sur *Les raisins de la colère* qui lui avait valu un 10/10. Nous devions chacun(e) choisir un livre et faire, non pas la fiche de lecture habituelle, mais un exposé devant la classe entière. Le professeur fournit une liste afin d'aider dans leur choix ceux qui lisaient peu, c'est-à-dire ceux et celles (de mon espèce) pour qui la lecture était plutôt une contrainte. Ariane ne manquait pas d'idées, la difficulté dans son cas, était de choisir. Le professeur accepta le livre proposé et lui demanda d'inaugurer la série des exposés. Devant un auditoire qu'elle réussit à captiver, elle nous parla de John Steinbeck (deuxième prénom Ernest d'où un petit clin d'œil à mon intention), de sa vie, de son œuvre et nous présenta *Les raisins de la colère*. Dans les consignes, il était prévu que l'élève lise à voix haute un court passage de l'ouvrage, significatif de l'intrigue ou du message éventuel. Mon amie avait choisi le paragraphe suivant:

« *Voyons Tom...* (c'est sa mère qui parle) *nous et les nôtres, nous vivrons encore quand tous ceux-là seront morts depuis longtemps. Comprends donc,*

Tom. *Nous sommes ceux qui vivront éternellement. On ne peut pas nous détruire. Nous sommes le peuple et le peuple vivra toujours.* »

Toute la classe applaudit l'exposé et quant au paragraphe choisi, les applaudissements de l'auditoire étaient plus la conséquence de la lecture qui en était faite que du texte lui-même. J'étais fière d'Ariane et fière d'être son amie. Je lui demandai de pouvoir copier le support de son exposé, elle me le tendit.

— C'est pour toi. J'ai pensé à toi en le préparant. Je voulais quelque chose qui t'intéresse, sachant alors que j'avais une petite chance de plaire au reste de la classe. Et puis, je voulais que tu sois fière de moi !

— Gagné, dis-je.

Dès son retour du magasin, je montre les feuilles à mon père. J'attends sa réaction avec impatience, les yeux brillants. Cette fois, je suis certaine de l'épater ! Quelle naïveté ! Je ne pouvais qu'être déçue de sa réaction. Mon père n'avait pas lu le livre, mais se souvenait du film en noir et blanc dans lequel jouait Henry Fonda, qui devint par la suite un de ses acteurs préférés grâce au film, *Il était une fois dans l'Ouest*.

— Elle y va fort notre Cosette ! Elle s'exporte maintenant. Après les mines (*Germinal*), les champs! Et puis, rigolard, les mains sur le ventre qu'il avait déjà rebondi :

— Son père sait-il qu'il nourrit une petite communiste ?

Vexée, je reprends les feuilles d'un geste qui ne laisse aucun doute sur ma profonde désapprobation, mais tout en veillant à ne pas déchirer mon précieux trophée.

— Colette, chérie, je blaguais bien sûr, reviens !

Je monte en courant bouder dans ma chambre. Il peut se moquer tant qu'il veut de moi, mais pas de mon amie devenue « une idole », « une icône », même si je ne mesure pas exactement la portée de ce terme, tant et tant de fois galvaudé !

Mon père n'est pas un intellectuel, il n'est pas non plus l'homme inculte comme il aimait et aime encore le laisser croire. Il possède la plupart des livres écrits par Georges Simenon. Les enquêtes du commissaire Maigret, bien sûr, mais aussi quelques-uns de ses nombreux romans. Je me souviens de son premier achat : *LA BOULE NOIRE*. Mon paternel a même tenté de fumer la pipe, mais il n'appréciait ni l'odeur ni le goût du tabac. Le célèbre commissaire mon père l'a découvert, comme beaucoup, grâce aux diverses adaptations télévisées, en noir et blanc, puis en couleurs, avec dans le rôle titre Jean Richard, puis Bruno Cremer, sans oublier Jean Gabin au cinéma. Il s'est épris du personnage, avec qui il partage un prénom (Jules est le deuxième prénom de mon père) et le goût pour la blanquette de veau. Il éprouve énormément de fierté au fait que l'auteur soit un Belge, né à Liège. Mon père a comblé la frustration des longues interruptions dans les rediffusions des enquêtes, d'abord par des enregistrements, cassettes et DVD, puis par la lecture. De chaque enquête, il retenait les moindres détails, les descriptions mêmes anodines, avec lesquels il nous bassinait (dixit ma mère) durant les repas. Depuis qu'il vit seul, je lui rends régulièrement visite. A chaque fois, je le trouve assis dans le vieux fauteuil légèrement défoncé dont il refuse de se défaire, son énorme monture noire à verres épais sur le nez, un livre de Georges Simenon dans les mains. Bien que l'œuvre soit abondante, il relit parfois le même. Non pas qu'il ne se souvienne pas l'avoir lu, mais parce qu'il l'a particulièrement aimé. « Je fais comme Cosette », dit-il !

L'intérêt d'Ariane pour la littérature égalait son aversion pour les mathématiques. Elle aimait les lettres et détestait les chiffres. Elle aimait les mots et détestait les nombres. Bien entendu, en élève disciplinée elle avait étudié les tables de multiplication au programme de l'enseignement fondamental, mais une fois le stade des calculs dépassé, l'étude des mathématiques représentait une contrainte dont elle choisissait de s'acquitter pour l'obtention de résultats égaux à la moyenne, pas plus. Par contre, c'était la seule branche dont mes parents, en bon commerçants, surveillaient les points. J'étais sceptique. En dehors de la règle de trois, que venaient faire l'algèbre, la trigonométrie et autres divertissements du même genre, dans les comptes des magasins ? J'eus droit à des cours particuliers, ce qui me permit, enfin, d'avoir une cote supérieure à celle d'Ariane !

Son goût prononcé pour les drames qu'Ariane avait dévoilé très tôt, elle ne s'en défera jamais. Les histoires qui finissent mal, celles où l'on pleure à la fin, qu'il y ait ou non une lueur d'espoir, elle se faisait une joie de les découvrir, de les redécouvrir même, non seulement dans les livres mais également dans les films. Si elle continua à aimer la période de Noël, alors que ses grands-parents n'étaient plus là pour rendre cette période magique, ce fut grâce aux opportunités découlant de notre amitié. Durant les vacances, la programmation télévisée prévoyait outre les inévitables : *Autant en emporte le vent, Les Quatre Filles du docteur March* et la série des *Sissi*, des productions Walt Disney sur les aventures d'un chien, d'un chat... Nous regardions ces films ensemble, chez moi, allongées sur le sofa, la bouche pleine de bonbons. Nous nous amusions en guettant, une fois le mot fin affiché, les traces d'une larme dans les yeux de l'autre. A la maison, elle ne pouvait choisir les programmes et elle n'était pas autorisée à allumer la télévision aussi bien en présence qu'en l'absence de ses parents. Les documentaires et les émissions politiques ou littéraires (lesquelles lui permettaient de s'enthousiasmer sur les yeux de Jean d'Ormesson, sur la chemise blanche entrouverte et la chevelure noire jais de Bernard Henri Lévy) étaient les seuls programmes dignes d'intérêt. Ah ! Si son père avait su que ses frustrations en matière de divertissement, elle les soignait ailleurs. Lui qui évoquait volontiers, sur un ton sec, la sensiblerie de sa fille, sensiblerie frôlant, selon lui, « la niaiserie », quelle punition aurait-il imaginée ? Peut-être lui interdire une fois pour toutes, les après-midis chez moi. Étonnant d'ailleurs, qu'Ariane soit autorisée à passer autant de temps dans « la villa d'à côté » alors que ses parents avaient une piètre opinion de notre famille!

Anne-Françoise ne tempérait jamais son époux dans ses propos injurieux à l'encontre de qui ce soit, y compris de leur enfant. Elle-même, très autoritaire, était avare de gestes tendres et ignorait l'existence du mot « réconfort ». Ariane était habituée à lui cacher sa tristesse. Je garde comme un joyau le souvenir de ce merveilleux Noël où je reçus en cadeau un chiot. Toutes deux nous réclamions régulièrement à nos parents respectifs un petit animal. Ariane savait que ses demandes avaient peu de chances d'aboutir. Par contre, moi je ne doutais pas qu'un jour mon souhait serait exaucé. Lorsque j'ouvris la boite contenant l'adorable petit animal, Ariane était présente. Je lus sur son visage un mélange de bonheur et de déception. Aucun doute, un tel cadeau, elle ne le recevrait jamais. Sa frustration était immense. Je me souviens de la mouche qui a tournoyé pendant deux jours dans sa chambre et à laquelle elle avait donné un prénom !
— Il est à nous deux Ariane. C'est notre chien !
J'insistai longuement sur le « notre ». Spontanés et sincères mes propos réussirent à la convaincre. Excitées, il nous fallut plus d'une heure pour nous mettre d'accord sur un prénom. Nous l'appellerons

« Pinky ». Mes parents nous firent remarquer que notre Jack Russell était un mâle. Peu importe, c'était notre choix ! D'ailleurs, le chiot réagit très vite à ses deux syllabes que nous séparions avec de la musicalité dans la voix. « Pin-Ky » devait avoir huit ans lorsqu'il mourut écrasé par une voiture, après s'être enfui du jardin, à la poursuite, aux dires de mes parents, d'une femelle « en chaleur ». Aujourd'hui, sa mort est à la fois un souvenir malheureux et heureux. Nous partagions la même peine et elle nous rapprochait encore, si cela était possible ?

Les déceptions, les frustrations, Ariane les collectionnait. En secondaire, elle aurait souhaité prendre en option des cours d'arts plastiques. Dessiner ne la satisfaisait pas pleinement, elle rêvait de cours de peinture. Par contre, la sculpture ne l'attirait pas. En cause, son aversion pour les matériaux collants, difficiles à éliminer. Elle ne supportait pas d'avoir les mains sales. Les réprimandes fréquentes de ses parents, lui ordonnant d'aller immédiatement les laver, n'y étaient pas étrangères. Son père déclara que la peinture ne s'apprenait pas. On avait du talent ou en n'en avait pas ! Comment s'en apercevoir sans pinceau ni tubes de couleurs à sa disposition ! Il en fut de même pour la musique. Après avoir découvert dans le grenier un vieux piano couvert de poussière, le couvercle fermé à clé. Elle questionna Anne-Françoise qui reconnut en avoir joué autrefois. Une folle envie d'apprendre à jouer de cet instrument la tenailla. Une fois encore, elle se heurta à un refus. Une déception de plus, qu'elle ressassa longtemps. Je réussis à convaincre mes parents que j'aimerais moi aussi savoir jouer d'un instrument et leur demandai un piano comme cadeau d'anniversaire. Ils m'offrirent une guitare ! Pas question de m'inscrire à des cours. Ils étaient persuadés, après avoir entendu pas mal d'interviews d'artistes qui proclamaient avoir appris à jouer seul, en reproduisant les sons qu'ils entendaient, que je pourrais faire de même. Je n'avais pas l'oreille musicale, Ariane non plus. Je lui offris ma guitare. Un cadeau qui lui mit du rose aux joues. Elle la rangea dans un placard, elle devait la soustraire à la vue de ses parents. Plus tard, en position verticale, contre le mur dans un coin de sa chambre à coucher, la guitare dont elle ne fera jamais vibrer les cordes l'accompagnera dans ses déménagements. Symbole nostalgique de tant de sentiments.

Puis il y eut le drame de la grossesse. A cette époque, les circonstances nous avaient éloignées l'une de l'autre. Nous évoluions dans deux mondes séparés : moi au travail et elle à l'université. Non pas en « Philo et lettres » comme elle l'avait souhaité mais en « Philologie romane ». Études qui la dirigeraient vers une carrière d'enseignante, plus rassurante pour ses parents. Laurent, son premier amour, revenait en force dans sa vie. De la maternelle aux amphis, il n'avait jamais vraiment cessé (hormis quelques courtes interruptions) de lui tenir la main et de lui dire qu'il l'aimait. Comment ne pas succomber à son physique de héros romantique, mince, le teint pâle, les cheveux bruns, bouclés, indisciplinés. Laurent était un sportif mais, en dehors des terrains de basket, nul n'aurait pu le deviner. A peine les jeunes gens avaient-ils eu le temps de cesser d'être sages et de découvrir les relations sexuelles, qu'ils devenaient de futurs parents. Mise au courant via les inévitables ragots, ce fut l'occasion de renouer des liens étroits avec mon amie. Ariane, la toujours romanesque et jamais pragmatique, avait découvert l'amour en oubliant mes conseils sur la nécessité d'une méthode contraceptive! A l'annonce de la catastrophe, je lui en voulus, un court instant, de ne pas avoir utilisé les pilules que je lui avais procurées. L'heure n'était pas aux reproches mais au soutien. Laurent ne se voyait pas en père et Ariane refusait d'être mère. Ils étaient d'accord : pas question de garder l'enfant. S'ils avertissaient les parents, c'était dans le cadre « d'une nécessaire récolte de fonds » suggérée dans ces termes par Laurent qui voulait banaliser la situation. La tentative échoua. L'attitude ferme de ses parents eut raison des hésitations de Laurent. « Les jeunes inconscients » se retrouvèrent donc futurs parents, contraints et forcés. Avertie, je hurlais aux oreilles de mon amie. Je comprenais mal qu'à presque vingt ans et vingt et un ans, ils se laissaient imposer la naissance d'un enfant non désiré et une vie de couple. Au nom de ? Ariane ne savait pas très bien. La réunion de famille avait eu lieu sans eux ! Par contre, le mariage, bien que considéré comme inévitable, trop coûteux à organiser, était reporté à la fin de leurs études. Il n'eut jamais lieu.

Ariane eut une grossesse atroce. Nauséeuse et migraineuse dès les premières semaines, elle dû très vite demeurer couchée, et ce jusqu'à l'accouchement. Je me souviens encore aujourd'hui, avec exactitude, de certaines de ses paroles :
— C'est comme si mon corps rejetait cet enfant qu'on lui impose de porter.
Puis au fur et à mesure de l'avancement de la grossesse. Elle répétait.
— J'ai l'impression qu'un alien prend peu à peu possession de moi !
La plupart du temps seule dans un deux pièces triste et peu confortable, elle déprimait. Je lui rendais visite chaque jour en évitant de rencontrer mère et « belle-mère ». Peu encline à ouvrir les syllabus que sa mère avait rangés à côté de son lit, Ariane me réclama « de la lecture ». Je lui apportai quelques magazines qu'elle feuilleta à peine. Les sujets habituellement traités : régime, mode... ne la concernaient pas. Elle nota plusieurs titres parmi les livres rangés dans une des caisses qu'elle n'avait pu emporter avec elle lors du déménagement. Rien de récemment parus, mais quelques-uns des ouvrages qu'elle avait subtilisés à son père. Des livres qu'elle avait lus, aimés et relus. Des histoires d'amour, des drames, bien sûr ! Comment ce genre de lecture pouvait-il remonter le moral ? Sur une personne normale cela n'aurait pas fonctionné, mais sur

Ariane, l'éternelle adepte du romantisme désespéré, peut-être ? Je mis un maximum de mauvaise volonté à la recherche de la caisse en question. Impossible de la rater, chaque caisse comportait une étiquette mentionnant son contenu exact. Je l'ouvris avec d'infinies précautions comme si les livres allaient soudain me sauter à la tête. Je ne pouvais bien sûr échapper aux inévitables: *Belle du Seigneur* et *Anna Karénine* ! Décidées à n'en prendre que trois, j'ajoutai un livre dont elle ne m'avait jamais parlé. Le titre et le nom de l'auteur me plaisaient : *Le Jardin des Finzi-Contini* de Giorgio Bassani. Ce livre je le garde comme une relique. Il est pour moi ce que fut *Belle du Seigneur* pour elle. Aujourd'hui, je l'ouvre les soirs de mélancolie. Sur la première page, d'une écriture fine et soignée que je reconnaîtrais entre mille, Ariane y a inscrit son nom et son prénom. Un regret, celui de n'avoir pu parler avec elle de notre ressenti sur l'ouvrage. Ou encore, de n'avoir pu l'interpeller : « Alors tu l'as lu ? Et tu as aimé ? ».

Comme promis, je devins sa lectrice. De chaque livre, elle avait en mémoire la trame. Elle me désignait un passage qu'elle aimait particulièrement, m'aidait à le repérer et me priait de le lire à haute voix. Une lecture qui ne respectait pas le texte original. Je l'émaillais de commentaires absurdes, afin qu'offusquée, elle poussa des « oh ! » de désapprobation. En saccageant certains de ses romans préférés, j'arrivais à lui arracher un sourire. Je prétendais que ces lectures faisaient partie d'un stage préparatoire à un emploi d'animatrice dans une maison de repos et qu'elle devrait me fournir un certificat. Tant qu'à faire « du doublage », je choisis de lui lire quelques-unes des *Fables de La Fontaine* ! Cela lui plut. Je me découvris, enfin, un don : celui de l'imitation. J'étais capable de me mettre dans la peau de n'importe quel animal, petit ou grand. Double don puisque je pouvais aussi bien imiter le son de leurs cris que parodier leur apparence physique. De la grenouille, j'empruntais le coassement, du corbeau, le croassement (sans fromage en bouche bien sûr), à même le sol j'avançais comme une tortue, j'aurais pu courir comme le lièvre mais la place manquait ! Les moments pénibles qu'elle traversait, je les transformais en moments heureux. Tout au moins durant la période, hélas trop courte, où elle vécut dans ce que j'appelais le « Laurent's harem ». La dénomination faisait plus chic dans la langue de Shakespeare ! Les jeunes parents avaient refusé de connaître le sexe du bébé et les familles les avaient, au moins sur ce point, laissés libres de leur choix. Nous avions décidé, nous les filles que le bébé était de sexe féminin. Nous étions donc trois filles, un nombre suffisant pour parler de harem. Un drôle de petit harem bien sûr, composé d'une femme en devenir, d'une sous certificat médical et... d'une intouchable. Il n'était pas facile de pénétrer dans le harem. Anne-Françoise faisait office d'eunuque. Heureusement pour moi, elle ne surveillait pas en permanence la porte, elle se contentait de faire des rondes à horaire régulier. Je profitais des intervalles.

Selon ses parents, Ariane exagérait ses problèmes de santé et se complaisait dans son état ! Laurent qui l'accompagnait aux visites médicales, écoutait attentivement et faisait rapport. Mais les parents n'accordaient crédit qu'aux protocoles qu'ils recevaient via le médecin de famille. Quid du « secret professionnel » ? Dans nos conversations intimes, je les nommais « le KGB » ! Je m'étais fixée un but. Le développement du fœtus se ferait dans la joie et la décontraction, malgré un environnement défavorable. Par la suite, chaque fois que j'utilisais leur pseudonyme, après un léger sursaut, Ariane joignait son rire au mien. Nous imaginions la venue au monde d'un joli bébé métissé (notre rêve secret à toutes les deux) et les réactions horrifiées de la famille au bord de l'apoplexie. Tout au moins il serait un bébé « coloré ». Je me procurais un lot de pelotes de laine de teintes variées, d'énormes aiguilles et pendant nos conversations, je me mis à tricoter d'improbables brassières, pas très éloignées du fameux gilet offert par Thérèse à Pierre, dans *Le père Noël est une ordure*, mais dans des tons, disons... plus variés. Chaque modèle terminé provoquait des crises de fou rire qu'elle devait refréner, craignant le déclenchement de contractions ! De tels moments de gaieté, elle en a connus bien peu dans les années qui suivirent.

Il ne fallut pas longtemps à Anne-Françoise pour s'apercevoir que sa fille n'étudiait pas. Elle confisqua le petit poste de télévision et lecteur de DVD que j'avais apportés. Elle ne pouvait se douter que sa fille leur préférait nos séances de « lectures animées et animalières » ! Il fut décidé que les futurs parents retourneraient vivre, le temps de la grossesse, dans leur famille respective. Ariane recevait chaque jour les plats préparés par sa mère, auxquels d'ailleurs elle touchait à peine. Laurent, lui, se nourrissait de sandwichs achetés à la cafétéria de la fac, dormait sur un lit de camp, relique de son époque « scout toujours ». S'il fut ravi de la décision, Ariane et moi l'accueillirent comme l'annonce d'une catastrophe. Après la naissance, les jeunes réintégreraient l'appartement avec le bébé. Une fois encore le plan mis au point par les familles échouera.

Finis nos amusants tête-à-tête, je devins persona non grata. La porte de la demeure familiale demeurait close : visites interdites pour raisons médicales. Le bébé né, un magnifique petit garçon en bonne santé, Ariane prolongea « temporairement », jusqu'à une date indéterminée, son séjour chez ses parents. J'avais repris mon travail à la boutique à plein temps. Mise au courant de la naissance avec deux jours de tard, j'en voulus longtemps à Anne-Françoise. Ariane recommença à fréquenter les amphis. Nos contacts furent surtout téléphoniques.

Chaque jour, elle me disait combien elle était démoralisée. Ensemble nous traversions la fameuse dépression post-partum. Épuisée, Ariane pleurait beaucoup. Elle ne voyait en Jérôme qu'un fardeau, l'université était devenu le bagne et sa mère un cerbère. L'essai de vie commune avec Laurent fut de courte durée. Tous deux reconnurent l'échec de leur relation. Le jeune homme promit d'être « un bon père » pour leur fils, sans trop savoir à quoi il s'engageait. Promesse qu'il tenta mollement de respecter pendant un laps de temps bien court. Apparemment, il n'était pas plus attaché à la mère (qu'il avait pourtant longtemps aimée) qu'à l'enfant, et tous deux disparurent de sa vie en douceur. Dans son fief en tout cas. Quasi un tour de passe-passe puisque ses propres parents et ses futurs-ex-beaux-parents n'habitaient pas très loin les uns des autres! Les deux familles s'arrosèrent copieusement de reproches et puis décidèrent de ne plus s'adresser la parole. De temps à autre, à leur demande, Anne-Françoise conduisait Jérôme chez ses grands-parents paternels, où il passait l'après-midi.

S'ensuivit une période durant laquelle, Ariane et moi fûmes à nouveau au diapason. Son père décédé d'un arrêt du cœur, elle se libéra du joug de sa mère. Employée dans une compagnie d'assurances, elle loua un appartement qu'elle occupa seule. N'ayant pas trouvé de place en crèche, elle accepta de laisser Jérôme à sa mère durant la journée et très vite, aussi la nuit. Étonnamment, la disparition brutale de ce père vénéré à la fois redouté et aimé, qu'elle pleura abondamment jusqu'à l'enterrement, Ariane la surmonta, par la suite, plutôt bien !

Jeunes et célibataires, nous sortions beaucoup, nous papillonnions sans aucun état d'âme. Ariane séduisait avec ses « yeux revolver », alors que moi, les hommes admiraient ma poitrine. Moins glorieux ! Je l'enviais en secret. Ses flirts avaient en général plus de classe que les miens. Durant une de nos sorties, je fis la connaissance d'Alex. Il fut la cause d'un nouvel éloignement. Lorsque nous n'étions que des amants, il appréciait Ariane, mais dès le début de notre mariage, il l'évinça de notre entourage. Dans son esprit, elle représentait un danger potentiel. Celui de m'encourager à conserver une certaine liberté, de me pousser à renouer avec ma vie d'avant. Il m'accusa à diverses reprises de l'aimer plus que lui. Lassée de baigner sans cesse dans des situations conflictuelles, j'espaçais nos rencontres. Avoir renoncé à ces liens privilégiés, avoir abandonné lâchement ma meilleure amie, je ne le me suis jamais pardonné. Combien de femmes ont agi de la sorte poussée par « l'homme de leur vie » : un homme qui peu à peu faisait le vide autour d'elles ? Un homme qu'elles finiront par quitter ! Beaucoup, certes ! Mais moi !

Séparées de corps, soit, mais nous avions encore un portable. Pendant nos longues conversations (chaque mois nous faisions exploser notre forfait), Ariane me racontait sa vie au jour le jour. Elle ne me cachait rien de ses relations amoureuses souvent éphémères ! Un prénom cependant revenait de manière récurrente : Eric. Une passion qui n'était pas partagée et dont elle ne pouvait se défaire. Je l'ai mise en garde, un peu mollement, je l'ai regretté par la suite. « Cesse de te mêler de sa vie », avait dit Alex. Moi, qui avais longtemps joué le rôle d'une affranchie, j'obéissais aux diktats d'un homme, au seul motif que nous nous étions dit « oui » devant un officier d'état civil ! Un homme dont les centres d'intérêt étaient l'argent et les muscles. Une fois le magasin fermé, il se rendait à la salle de sports. Alex mettait autant d'ardeur à augmenter sa masse musculaire qu'à gagner de l'argent. Notre vie à deux se limitait, vu l'heure tardive de son retour, une fois le repas avalé, à l'exécution rapide du « devoir conjugal ».

Les termes et le ton d'Ariane pour m'annoncer son futur mariage me mirent mal à l'aise. Elle était, dans un premier temps, soulagée qu'un homme veuille l'épouser, puis, fière de la situation sociale de son fiancé et folle de joie à l'idée de pouvoir organiser, dans ses moindres détails, la cérémonie dont elle rêvait. L'aimait-elle ? Était-elle vraiment heureuse ? Elle ne répondit pas à mes questions. J'eus la confirmation de mes doutes la veille de ses noces. Elle me téléphona au milieu de la nuit, la voix pleine de sanglots. Eric venait de partir. Elle lui avait ouvert sa porte. En la quittant, alors qu'il venait d'apprendre (ce qu'il savait déjà) que quelques heures plus tard, c'était le « grand jour », rien qu'un sourire, un baiser et une phrase : « Adieu, je te souhaite d'être heureuse ! » Sur un seul mot de sa part et elle aurait tout annulé. Pas de mot, c'était fini, fini… « J'en crève», dit-elle avant de raccrocher. Je tentais de la rappeler, impossible. Elle avait fermé son smartphone et décroché le combiné. Certes, le tempérament exalté d'Ariane l'amenait à exagérer le côté dramatique de toute situation, mais j'avais perçu une articulation altérée par la prise d'alcool, elle qui ne buvait que très peu et sa voix avait les accents d'un désespoir sincère. Une boule au creux de l'estomac, cette nuit-là je ne dormis pas. Que pouvais-je faire ?

Le lendemain, j'étais son témoin à la maison communale, sa demoiselle d'honneur à l'Église. Une cérémonie dont je garde un souvenir vivace. En apparence, un moment de bonheur pour les mariés. Ariane ne laissait rien transparaître. Un savant maquillage avait effacé les émotions de la veille. Même la belle-famille dont j'avais perçu l'hostilité, trouvait la mariée rayonnante. Je prenais soin de sa robe, pour que le tombé soit parfait lorsqu'elle s'asseyait, se relevait, marchait, entrait et sortait de la voiture. Je savais mieux que quiconque l'émotion qu'elle ressentait. Un mariage comme dans ses rêves d'adolescente. Seul un amour partagé n'était pas au rendez-vous. Peu importe ceux et surtout celles qui jugeaient, qu'étant déjà mère d'un gamin, dont le marié n'était pas le père, un peu de sobriété s'imposait.

Lors de notre première visite à la villa des jeunes mariés, malgré la présence de la belle-famille, Ariane réussit à ce que nous puissions nous retrouver toutes les deux, seules. Elle se leva d'un bon du canapé où nous étions assises côte et côte et sur un ton destiné à être entendu de tous, dit :

— Viens Colette, je vais te faire visiter « ma pièce », enfin ce qui sera bientôt « mon atelier » (en appuyant sur ce dernier mot) ! Tout n'est pas terminé, c'est en bonne voie.

Aussitôt à l'intérieur, elle referme la porte et s'apprête à faire un tour de clé, se ravise et glisse une chaise en dessous de la clenche.

— Pourquoi tant de précautions ?

— Parce que les garnements (les jumeaux je présume) veulent sans cesse venir fourrer leur nez ici.

Fébrile, elle prend une clé sous un agenda et ouvre un tiroir dont elle extrait une grande enveloppe « bpost ».

— C'est une annexe du FBI cette pièce ?

J'essaye de détendre l'atmosphère. Elle me tend une carte de félicitations.

— Lis !

Les jumeaux tambourinent sur la porte.

— Coucou, c'est nous !

Je ne peux m'empêcher de sourire. Mais mon amie a les traits tendus. Elle s'énerve, me reprend la carte des mains sans que j'ai eu le temps de l'ouvrir et explique sur un ton rapide et impersonnel, comme si elle lisait le texte d'une dissertation ratée qui n'était pas la sienne.

Parmi les fleurs et cadeaux livrés par l'hôtel où ont lieu les agapes de la noce, figurent quelques cartes de félicitations. Leur ouverture ne présente aucune urgence. Un jour d'ennui, Ariane se décide à les lire. L'un d'entre eux retient son attention. Expéditeur : un simple code postal correspondant au Nord du pays. Un texte sans aucune originalité : « Nos meilleurs vœux de bonheur aux jeunes époux. » Par contre, une signature interpellante: Bruno et Julien, tes cousins. Au téléphone Anne-Françoise joue l'ingénue, un rôle qui lui sied mal ! « Ton père a coupé tous liens avec une partie de sa famille dès avant notre mariage. Tu sais cela ! » Non, Ariane raccroche agacée. Elle n'en apprendra pas davantage !

— Je me suis souvenue de ce que ton père disait de la villa que vous occupiez ! Elle devait appartenir à quelqu'un de notre famille. J'ai tenté de joindre le notaire qui s'est occupé de la vente peu après votre départ. Ce n'est plus celui qui a servi d'intermédiaire lors de la location. Aucun renseignement par téléphone. Je passerai à l'étude. Je t'en supplie n'en parle à personne. C'est notre secret. Jure-le !

Je retrouve mon Ariane et nos rapports d'enfants. A qui aurais-je l'envie, seulement l'idée de raconter « un secret » qui n'est pas encore une histoire ? Notre conversation s'arrête là, les jumeaux, particulièrement féroces, après plusieurs heures de jeux, viennent à nouveau cogner à la porte.

— On veut entrer. Nous aussi on veut voir le « boudoir ».

Trois voix se sont exprimées de concert, l'une moins insistante que les deux autres. Les chenapans ont obtenu la participation, timide, de Jérôme. Ariane hausse les épaules agacée. J'ai la confirmation de ce qu'elle m'avait confié en aparté. Sa belle-sœur demeure fidèle à elle-même. Par la suite, mon amie n'abordera le mystère de la carte de félicitations que bien plus tard.

Alors qu'Ariane et moi avions imaginé des relations suivies entre couples, notre amitié connut à nouveau une période creuse. Alex ne voyait pas en Étienne un probable ami. Malgré les efforts de ce dernier, Alex ne baissait pas la garde. Les motifs fallacieux qu'il invoqua, ne m'abusèrent pas. Les vraies raisons, je mis très vite le doigt dessus. Étienne représentait la réussite professionnelle, Alex se sentait inferiorisé. Une situation qu'il ne supportait pas. D'ailleurs à la même époque, il décida ne plus vouloir être « le larbin » de mes parents. Il était temps que nous ayons notre propre affaire. Il saisit une opportunité à une cinquantaine de kilomètres, ce qui m'éloigna une nouvelle fois de mon amie. Nos entretiens téléphoniques étaient peuplés de rires grâce à des plaisanteries sur nos « belles-familles » respectives. Sa belle-sœur, sujet principal de nos moqueries était devenue dans ma bouche « la Grande Catherine » (héritage paternel). En l'absence de confidences, je croyais Ariane heureuse, moi qui ne l'étais pas. Un imbroglio !

Durant mes rares visites, pendant sa grossesse et après la naissance, nous ne fûmes jamais seules. Elles eurent toujours lieu en présence d'un tiers, que ce soit Anne-Françoise ou une autre personne. Pas question d'évoquer mes difficultés conjugales ni de la questionner sur un sujet autre que ses problèmes de santé. Sa seconde grossesse fut plus difficile encore que la première. Malgré tout son amour et sa bonne volonté, Étienne, très occupé par ses fonctions, n'était pas suffisamment présent. Les regrets de n'avoir pu être à ses côtés, je les ai ancrés en moi. Aucun soutien de sa mère ni de « la Grande Catherine » et de sa clique ! De ces dernières d'ailleurs, elle ne l'aurait pas accepté. Quelques mois après la naissance, Ariane dut subir une intervention dont elle gardera des séquelles physiques et psychologiques. Elle qui ne supportait pas les cols montants, portait en permanence autour du cou, un petit foulard qu'elle nouait avec beaucoup d'élégance. D'une cicatrise d'un centimètre, elle faisait un stigmate. Ce fut, bien que je ne puisse la dater avec précision, durant cette période que nous avons eu une conversation, dont aujourd'hui encore j'ai la teneur en mémoire. Je décroche et la première phrase que j'entends :

— J'ai envoyé une lettre à Eric.

— Oh non !

Un ton horrifié qui n'arrête pas le flot de ses paroles. Elle ne peut me lire le texte. Pas de brouillon, juste des idées notées dans l'urgence sur le verso d'une enveloppe usagée qu'elle a pris soin de détruire. J'insiste, le contenu m'intéresse. Il me fait peur. Avec raison ! Elle lui avouait qu'elle l'aimait toujours, qu'il serait présent dans son cœur jusqu'à sa propre mort. Elle était malheureuse. A l'instar d'Anna (Karénine, bien sûr), elle abandonnerait sans hésitation son fils pour le rejoindre et aussi sa petite fille dont elle aurait aimé qu'il fut le père. Lui seul suffirait à son bonheur. Ses nuits étaient peuplées de rêves où elle s'imaginait dans ses bras. Elle ne supportait plus le corps de son époux près du sien. Elle avait tout essayé pour l'oublier, médicaments, thérapies, en vain. Elle terminait en lui disant qu'elle ne méritait plus le surnom qu'il lui avait donné, sa beauté s'en était allée avec lui. D'ailleurs, elle avait détruit le livre. Pendant des années, elle a voulu croire que « Belle » était morte d'amour. Non ! Son suicide est le résultat d'une vie d'isolement et d'oisiveté. Comme la sienne...

Je suis atterrée. J'imagine Eric lisant les mots d'une femme à ce point désespérée, « déboussolée », dirait Alex. Il ne répondra pas. Ariane m'avouera plus tard que pendant une longue période qu'elle est incapable de définir, ses seuls soutiens furent son psy et sa dose quotidienne de médicaments de toutes sortes.

Les dernières années de ma vie de couple furent un enfer. La jalousie d'Alex, qui au début de notre amour me flattait, me détruisait à petits feux, tout comme elle détruisait les sentiments que nous avions l'un pour l'autre. Le moindre coup de fil, le moindre retard, le moindre regard échangé avec un ami ou un inconnu, étaient les signes d'une des nombreuses liaisons qu'il me prêtait. Une femme adultère, c'est ce que j'étais et il en cherchait les preuves. Exaspéré de ne pas les trouver, il devenait de plus en plus agressif. D'autant que notre commerce déclinait et que l'argent commençait à manquer. Je répliquais et le ton de nos altercations prenait de la puissance. Aux cris, succédèrent les coups. De part et d'autre d'ailleurs ! Je ne supportais plus de ces « querelles d'Allemand »[5], termes empruntés au vocabulaire d'Ariane. Je ne la voyais plus et pourtant il y avait toujours quelque chose d'elle en moi. Alex refusait l'idée d'une séparation. La suggestion d'une voisine me parut bonne : lui donner la satisfaction de découvrir qu'il avait raison. Le chemin de ma liberté passait peut-être par la réalité d'un adultère ? Mais je refusais la mise en scène qu'elle me proposait, avec comme acteur son propre mari. J'hésitais à utiliser ce piège. La suite me donnera raison. Une brève liaison avec un ami d'Alex, divorcé et volontiers vantard, que je savais intéressé, devint très vite un secret de polichinelle, d'autant plus que je ne faisais aucun effort pour la cacher, au contraire.

S'en suivit une courte bagarre entre amant et cocu (bizarre, je l'aurais cru plus vindicatif!), et j'obtins, après une paire de gifles, son accord pour un

---

5   Litt. Querelles sans motif.

divorce soi-disant à l'amiable. C'était la procédure la plus rapide et surtout la moins coûteuse !

Les derniers mots qu'il m'adressa furent des reproches. J'avais fait de lui « un raté », sur ce je lui répondis que j'avais œuvré en « terrain favorable ».

V.

ANNE-FRANCOISE

La mère d'Ariane, 63 ans, veuve de Louis.

Un dimanche banal, une famille sereine, en apparence seulement. Le calme règne dans la pièce, au dehors c'est le chaos. Je regarde tour à tour mes deux petits-enfants, innocentes victimes du drame qui vient d'avoir lieu. Jérôme, treize ans, planche sur la matière de son prochain examen. Lisa, bientôt cinq ans, la tête baissée, ses jolies boucles blondes (son père aurait fait couper les siennes à cet âge) couvrent une partie de son visage. La bouche entrouverte, un petit bout de langue apparent, signes de son application, elle dessine et colorie, comme elle aime le faire. Ses lunettes ont glissé vers le bout du nez et ne lui sont dès lors d'aucune utilité. Ses jolis petits yeux plein de malice ont vite trouvé le chemin par-dessus l'accessoire qu'on lui impose de porter. Il faudra, une fois de plus que nous allions chez l'opticien pour un réglage. Depuis l'annonce brutale, je suis anéantie par les sentiments contradictoires qui se bousculent en moi. Une implacable tristesse m'envahit, me submerge, suivie d'une immense compassion pour ces enfants que je chéris. Et puis, de la colère, une colère intense qui me fait d'autant plus mal que je ne peux l'exprimer, une colère dirigée vers une mère qui a choisi d'abandonner ses enfants. A-t-elle songé un seul instant à ces deux êtres qu'elle a portés et mis au monde, marqués à jamais par son geste ?

Ils ignorent tout de l'événement et nous allons nous efforcer de les maintenir dans l'ignorance, du moins jusqu'à demain. Les consignes d'Étienne sont claires : éviter toute information venant de l'extérieur. Le Wi-Fi est coupé, le smartphone de Jérôme confisqué (pour motif d'examen), le poste fixe débranché, la télévision éteinte. Monique, la femme de ménage, réquisitionnée à la hâte pour un dimanche pas comme les autres, a pour consigne de ne laisser entrer personne.

Depuis pas mal de temps, Ariane ne se préoccupait plus de ses enfants ! Elle seule et ses problèmes réels ou feints existaient. Attitude qui ne m'avait étonnée qu'à demi. On dit souvent que les parents ont des ornières lorsqu'ils doivent poser un jugement sur leurs enfants. Que n'a-t-on entendu : « Ah ! Non, mon fils (ou ma fille) ne ferait jamais cela. Il est (ou elle est) si gentil (gentille). Louis et moi avons toujours fait preuve de lucidité quant aux qualités et aux défauts de notre fille.

Ariane est née huit ans après le décès de notre premier enfant, Ludivine, emportée à l'âge de deux mois, par ce que l'on nomme « la mort subite du nourrisson ». Elle n'était donc pas un bébé « de remplacement ». Une grossesse que nous n'avions pas voulue, mais nous avons accueilli la nouvelle avec joie. Nous avons pu éduquer Ariane en évitant l'écueil de « l'enfant thérapie», l'enfant sur ordonnance, l'enfant sauveur. Elle a été élevée comme s'il s'agissait d'une première naissance. Nous ne l'avons pas traumatisée par une peur excessive que beaucoup de parents ressentent et transmettent après la perte d'un enfant. Nous lui avons expliqué les faits lorsqu'elle a atteint un âge raisonnable. Nous n'avons pas non plus entretenu le culte de l'enfant mort. Simplement quelques photos dans l'album de famille et des cicatrices que nous n'évoquions jamais.

Jolie, Ariane a toujours bénéficié d'emblée de la sympathie de tous ceux qui l'approchaient. Elle prit l'habitude de ne fournir aucun effort pour être aimée. Conscients d'élever un enfant unique, nous avons veillé, dans son intérêt, à maintenir un bon niveau d'autorité. Adulte, elle nous l'a reproché. Quels sont les parents qui n'ont pas été, un jour ou l'autre, confrontés aux griefs de leur enfant ? Louis, fort peu présent, ne s'est guère préoccupé de sa fille. Se serait-il davantage soucié d'un fils ? Je ne peux l'affirmer ! De moi non plus il ne s'est guère soucié. Seuls comptaient ses clients, ses frères de la loge… sa maîtresse. A ce propos, mes doutes étaient très vite devenus des certitudes. Ariane n'en a rien su. Le personnage de la femme trompée n'est pas très glorieux. De plus, je ne voulais pas ternir l'image du père. Subir, n'est-ce pas le lot des femmes ? Nous nous disputions souvent, mais nous évitions de le faire en présence d'Ariane que nous ne voulions pas mêler à nos querelles. Une vie de couple sans le moindre nuage, je n'y crois pas.

Que pourrais-je dire de son enfance ? De son adolescence ? Rien de spécial ! Les photos la montrent souvent avec une mine renfrognée que nous ne pouvons expliquer. Elle avait peu d'amies. Quant au cercle familial, il s'est rétréci peu à peu durant les premières années de son enfance. Parents à un âge, disons avancé par rapport à la moyenne, nous la privions de la possibilité de bénéficier longtemps de la présence de grands-parents. Opposés à mon mariage avec Louis, à qui ils reprochaient, en plus des convictions dont il faisait étalage, d'avoir rompu ses fiançailles avec la fille d'un de leurs amis, une cassure s'installa entre mes parents et nous. La réconciliation provoquée par la naissance d'Ariane ne pourra, hélas, créer les liens que eux et moi souhaitions. Mon père décéda peu de temps après, alors que ma mère montrait déjà les premiers symptômes d'une maladie neurologique dégénérative. Ariane vit très peu sa grand-mère en maison de repos spécialisée. Les visites n'apportaient rien ni à l'une ni à l'autre. Notre fille ne garde aucun souvenir de mes parents ce qui explique en partie son attachement excessif envers les parents de Louis.

Dès l'âge d'un an, elle passa, durant plusieurs années, des vacances en Ardennes chez ses grands-parents paternels, pendant que son père et moi voyagions à l'étranger. Puis les aléas de la vie, eux vieillissant ne quittaient plus leur maison, moi qui ne conduisais pas, Louis de plus en plus occupé par ses affaires, les visites en Ardennes s'espacèrent. Bien que très jeune Ariane garde des souvenirs vivaces de ses vacances en Ardennes. La disparition prématurée de sa marraine, ma belle-sœur, la priva d'une relation privilégiée, quoique celle-ci aurait pu la perturber. Par bonheur, elle n'en a gardé aucun souvenir. Tous ces événements inhérents à la vie d'une famille, ont-ils réellement de l'importance lorsqu'il s'agit de justifier, ou même tout bonnement d'expliquer le parcours difficile d'Ariane ?

Sans être brillante, elle faisait partie des bonnes élèves. Louis davantage critique à son égard que moi-même répétait : « Ma fille compense son

manque d'intelligence par beaucoup de travail ! »
Plus elle grandissait, plus la personnalité de sa fille
l'irritait. Ce que famille et amis appelaient de la
sensibilité, devenait dans la bouche de Louis, de la
sensiblerie. Son côté « fleur bleue » de jeune fille
naïve, stupide selon lui, l'indisposait. Un jugement
sans appel. Et pour preuve, être enceinte, à notre
époque, dès le début d'un cursus universitaire !
Laurent, un ami d'enfance, mis ses parents au
courant de la grossesse avant que notre fille ait osé
nous en parler. Elle invoqua la crainte de notre
réaction. Un conseil de famille eut lieu, auquel les
jeunes inconscients et immatures ne participèrent
pas. Leur avis ne comptait pas. Nous savions qu'ils
s'étaient mis d'accord sur une interruption de
grossesse. La réunion fut calme et il ne fallut pas
plus de deux heures pour qu'une décision soit prise
et les détails de son application mis au point. Les
deux futurs grands-pères se connaissaient depuis
longtemps, le père de Laurent était un client. Ils
avaient de l'estime l'un pour l'autre, ils se
respectaient même s'ils ne partageaient pas les
mêmes convictions. Très vite, leurs avis
s'accordèrent sur le principe d'une grossesse menée
à terme.

En réalité, et je peux en témoigner, chaque père
avait adopté la position qui était celle de son
épouse, sans oser se l'avouer. Un logement
modeste, une aide mensuelle et les deux
imprudents continueraient leurs études. Dès le
lendemain de la réunion, Louis n'adressa plus la

parole à sa fille, et ce jusqu'à sa propre mort. Lorsqu'elle tentait de lui parler, il passait par mon entremise pour lui répondre. Le retour à la maison d'Ariane à sa sortie de la maternité, ne modifia pas son attitude. Un retour supposé provisoire et dicté par la difficulté de mener de front les soins que nécessitait un bébé et l'implication exigée par des études universitaires. Ma fille niera toujours le fait que je m'occupais davantage de Jérôme qu'elle-même. L'avis de son père à ce propos? Il ne l'exprima qu'une fois, à haute voix et sans ambiguïté : « Ma fille manque d'intelligence et de courage pour réussir ce genre d'études ! » Ariane se tut. Elle ne répliquait pas aux propos de son père, même aussi négatifs à son égard.

Par-dessus son journal, il lui arrivait d'observer fixement « l'enfant ». C'est ainsi qu'il nommait Jérôme. Il ne prononça jamais les mots « mon petit-fils ». D'ailleurs le regardait-il vraiment ou cherchait-il un point de repère avant de se lancer dans des réflexions qui n'appartenaient qu'à lui. Ariane en a probablement souffert. Elle n'en disait rien. A la mort brutale de son père, victime d'un infarctus peu de temps après son retour à la maison, elle a manifesté un chagrin que je qualifierai de « légitime », sans plus. Je n'en tire aucune conclusion. Elle n'était pas très démonstrative. Une nouvelle fois je m'interroge. Y a-t-il dans ces événements dont la restitution m'épuise des explications au comportement de ma fille durant ces dernières années ?

Son union avec Étienne, le gendre idéal fut un réel soulagement. Par contre, tout en reconnaissant comme naturel le désir de mon beau-fils d'être père, l'annonce d'une deuxième grossesse me consterna. J'ose à peine confier, qu'à l'époque, mes réticences m'amenèrent jusqu'à souhaiter une fausse couche providentielle. Ariane n'était pas une jeune femme équilibrée. Elle n'avait pas été à la hauteur dans son rôle de mère avec Jérôme, était-elle capable de l'être avec celui-ci ? J'en doutais et je songeais qu'il était heureux que son père ne fût plus en vie ! Lui qui avait dit, un jour où nous recevions des amis à dîner, qu'il aurait connu dans sa vie au moins deux mères pétries d'égoïsme : la sienne et sa fille. Il avait cru bon d'argumenter, mettant mal à l'aise nos convives. La dose d'abnégation nécessaire pour assumer correctement un tel rôle, sa fille ne l'avait pas et ne l'aurait jamais, son égoïsme empêchait tout élan maternel prolongé et profond. Si je jugeais Ariane avec moins de sévérité, je n'étais cependant pas loin, de partager son opinion. Les inaptitudes de son épouse, Étienne les découvrirait très vite. Bon mari et bon père, contre vents et marées, pendant plus de sept ans, il fera tout pour sauver son mariage et compenser les carences affectives qui pouvaient laisser des traces chez les enfants. A de nombreuses reprises, je l'ai félicité, remercié. Je le fais à nouveau aujourd'hui. Même si par le passé, je lui ai reproché de tout accepter de son épouse. Il avait pour elle toutes les indulgences, il cédait au moindre de ses caprices. Ma fille était une personne inconsciente, incapable de faire face à ses responsabilités.

L'appartement qu'il avait acquis, situé dans un immeuble neuf, était destiné à Jérôme quand celui-ci irait à l'université. Il apprécierait alors un peu d'indépendance. Entre temps, excellent placement, l'appartement engendrerait des revenus locatifs. Ariane, à l'initiative de cet achat, souhaita le laisser inoccupé. Elle avança l'argument que cela les dispenserait, après une sortie en ville, de devoir remonter jusqu'à la villa et ainsi, d'éviter le risque d'un contrôle de police aux conséquences fâcheuses. Deux verres de vin suffisent pour que l'alcootest soit positif. Étienne se laissa facilement convaincre, alors qu'à l'époque ils sortaient peu, que ce soit au cinéma ou au restaurant. A mon avis, ils ne logèrent pas plus de deux ou trois fois dans l'appartement. Ce n'était pas moi qui veillais sur les enfants. Depuis quelque temps, Ariane avait décidé de recourir aux services d'une baby-sitter prétextant que compte tenu de mon âge, il fallait me ménager. Le seul argument valable aux yeux d'Étienne, qui hésitait à confier ses enfants à une étrangère, alors qu'il m'accordait une confiance totale. Ma fille trouvait que je prenais trop de place dans leur vie. Elle savait que je jugeais son comportement, même si je me gardais bien d'exprimer la moindre critique à son égard. Jérôme me confia qu'en tant que père, il préférait que ce soit moi qui veille sur eux. Je repris très vite ma place. Ariane y trouvait également son compte : j'étais disponible, jour et nuit, et je ne fonctionnais pas à l'heure !

Meubler et décorer ce qui devait être « un pied à terre » (comportant deux chambres à coucher ce qui est assez inhabituel) l'amusa quelques temps. Elle disparaissait des après-midis entières. Elle rentrait satisfaite et épuisée. J'appris plus tard que, hormis les chambres à coucher, l'appartement avait été vendu meublé. Puis vint le temps où elle ne rentra plus. De logement de dépannage, l'appartement était devenu sa résidence.

Comment ne pas imaginer qu'elle avait planifié ce qu'elle appellera « ma nouvelle vie » ? La dernière fois que je l'ai vue, c'était en compagnie des enfants, de ses enfants. Lisa avait demandé que nous allions voir « maman au magasin ». Il y avait du monde, les enfants échangèrent un baiser et reçurent chacun quelques euros à dépenser selon leurs envies. Une manière de s'en débarrasser rapidement ! La femme que je vis, les mains tremblantes, la mine fatiguée, même si elle s'efforçait d'afficher un franc sourire, était loin de ressembler à l'héroïne d'une vie de rêve...

VI.

LA BELLE - FAMILLE

Les parents d'Étienne (Hélène et Jean-Louis), sa sœur (Catherine) et son beau-frère (Philippe) et leurs jumeaux (Jean-Luc et Mathieu).

En apposant ma signature sur le registre d'état-civil, j'ai l'impression d'entériner une condamnation, celle de mon frère. A quoi ? Et pour combien de temps ? Je ne sais pas ! L'avenir nous le dira. Tandis que le témoin d'Ariane, une amie d'enfance, une jeune femme à l'allure et au langage assez ordinaires, signe à son tour, je recule d'un pas. Un sourire en biais échangé avec mère.

— A présent, ils sont unis pour la vie. En principe en tout cas !

Une réflexion « mezza voce » destinée à mère, tant pis si d'autres autour de nous l'ont entendue. Philippe tourne la tête et, l'index sur les lèvres, murmure à mon intention : « chut ».

Je me suis exprimée, dépitée, ironique et un brin agressive. Mère secoue la tête de gauche à droite, nous nous comprenons. Nous avons tout fait pour dissuader Étienne de s'engager officiellement. Nous aurions préféré qu'il teste, pendant une période raisonnable, la vie à deux. Et cela après avoir vainement tenté de lui ouvrir les yeux sur celle dont il s'est amouraché et qu'il a décidé d'épouser en l'espace de quelques mois, tellement peu de mois d'ailleurs que nous pourrions dire de semaines...

Un an à peine nous sépare Étienne et moi. Entre nous des liens forts, un peu à l'égal de ceux qui relient les jumeaux, même « faux ». Cependant, j'ai exercé mon rôle d'aînée et mon avis a toujours revêtu beaucoup d'importance à ses yeux, jusqu'à cette fois, où complètement imperméable à mes arguments, il a campé sur ses positions. Enfant, il était joyeux, farceur et en même temps obéissant. Son éducation n'a suscité aucun problème à nos parents. Étudiant brillant, destiné, selon ses professeurs, à une carrière également brillante, ce qu'elle est jusqu'à présent. Mes parents espéraient un mariage heureux avec une femme à sa mesure. Après plusieurs relations éphémères, nous pensions qu'Isabelle était celle qu'il lui fallait. Notaire, elle travaillait à l'étude de son père qui allait devenir la sienne. Douce, cultivée, assez classique au niveau physique et dans sa manière de s'habiller, elle avait immédiatement été adoptée par le clan que nous formions encore à l'époque, mes parents, Philippe mon époux, nos jumeaux, Jean-Luc et Mathieu, Étienne et moi. Clan qui venait, malheureusement, de perdre, en l'espace de deux ans, ses membres les plus âgés. Quand les jumeaux sont nés, ils ont rendu heureux trois de leurs arrière-grands-parents encore en vie. Les enfants n'eurent pas, hélas, la chance de les connaître vraiment. « Nos morts », nous y pensons souvent, aujourd'hui encore, et il nous arrive de lever nos verres à leur mémoire.

Après plusieurs années de vie commune avec Isabelle, mon frère créa la surprise en rompant brutalement. Il est vrai que le mariage tardait à venir. Lors d'un déjeuner dominical, alors qu'une fois de plus, Isabelle, qui réalisait de nombreuses expertises immobilières, soulignait combien la rénovation de notre maison était une réussite, j'avais cru opportun, pensant qu'un petit coup de pouce suffirait à les faire songer à leur avenir, de la proposer pour cadre de la célébration de leurs fiançailles ! Ma proposition fut suivie d'un long silence, durant lequel je notais l'air absent d'Étienne et celui ennuyé d'Isabelle. Philippe sauva la situation. Il embraya aussitôt sur la hausse des prix de l'immobilier. Au coucher, mon époux me fit remarquer qu'une fois de plus, sous le couvert de mon envie de rendre service à tout prix, que d'aucuns pourraient prendre pour une envie de tout régenter, « j'avais mis les pieds dans le plat » ! A la suite de cet incident, nous savions Étienne hésitant. Mais nous n'aurions pas pu prévoir, alors qu'à leur retour de vacances ils affichaient tous deux une mine rayonnante, que la rupture définitive surviendrait moins d'un an plus tard. Les raisons qu'il avança ? Une relation dans laquelle il s'ennuyait. Isabelle était parfaite sur bien des points, il ne lui reprochait qu'une seule chose : son manque de fantaisie. Redoutant l'ennui au quotidien, comment dès lors pouvait-il se projeter dans l'avenir ? Des enfants ? Il n'en voulait pas, en tout cas pas pour l'instant. De toute façon, pas avec elle. Que rétorquer à cela ? Certes, elle n'attirait pas les regards, on ne se retournait pas sur son passage, mais les commentaires de tous ceux qui la connaissait un tant soit peu, aboutissaient tous à la même conclusion : « une jeune femme intelligente, réservée, équilibrée... ». J'admettais qu'elle était discrète, le contraire d'une extravertie. Sont-ce des défauts ? J'ai plaidé sa cause en vain. Elle l'avait d'ailleurs fait elle-même, en femme amoureuse de l'homme qui partageait sa vie. Consciente du chagrin qu'elle ressentait, bien que son attitude par la suite demeura toujours digne, toute la famille se sentait mal à l'aise. Mère avait connu Isabelle alors qu'elle n'était qu'un bébé. Son père, ami d'enfance, était devenu « notre » notaire. « Alors que les hommes qui cessent d'être amoureux, rayent de leur existence l'ex dont ils étaient épris, du jour au lendemain, sans se culpabiliser — c'est la vie arguent-ils — les femmes abandonnées, rejetées, souffrent en silence. Seule une minorité affiche sa douleur au grand jour.» De tels propos dans la bouche de mère m'étonnèrent beaucoup. Son expérience des hommes se limitait, d'après ce que je savais, à père. Comme beaucoup de filles et de fils, sans doute, je n'ai jamais songé à ce qu'avait été la jeunesse de mes parents. De plus, jusque ici, mère n'avait émis le moindre reproche, même déguisé, à l'égard de son fils chéri, spécimen de perfection masculine !

Les parents d'Isabelle évoquèrent « l'usure d'un couple ». Très vite ils nous firent comprendre que dorénavant, en dehors des nécessités professionnelles, ils préféraient cesser toute relation. Isabelle et mon frère, avaient le même âge et se connaissaient depuis l'enfance. Une amitié qui s'était muée en amour, quoi de plus banal. Mais si je me référais aux dires d'Étienne, un amour composé de 100 % d'affection et de 0 % de passion. Pour durer, l'amour se nourrit-il forcément d'une passion par essence éphémère ? Étienne, dont je respectais les choix, avait fermé définitivement la porte et envisageait désormais l'avenir sans elle. Isabelle n'était plus ma future belle-sœur, mais elle demeurait une amie. Je m'efforçais de l'épauler et continuais à entretenir des liens qui inévitablement allaient se détendre peu à peu. Des rencontres, puis des échanges par téléphone, des SMS, des mails...

Ensuite, vint l'époque des rencontres inopinées dans la rue, chez les commerçants où nous avions toutes deux nos habitudes, dans des boutiques. Nos échanges de nouvelles excluaient, bien entendu, mon frère. Nul besoin qu'elle le souligne, elle avait souffert et souffrait encore de la rupture. Nous ressentions une sorte de culpabilité à son égard. A chaque rencontre, elle apparaissait grossie. On parle volontiers des « kilos du bonheur » et jamais des kilos de la tristesse ! Le résultat d'une tentative de compensation par les sucreries. Intérieurement, nous lui souhaitions de rencontrer « quelqu'un de bien ». Je fus la dernière à la saluer et à converser avec elle lorsque je la croisais, l'œil triste. Père, mère, même Philippe, l'apercevant au loin, manœuvraient afin de l'éviter ! Je ne pouvais pas approuver leur attitude que je qualifiais de lâche. Pour mon frère, le hasard fit bien les choses. Il ne la vit plus qu'à travers la vitre de sa voiture. En visite chez nous, il cantonnait ses promenades au jardin, jouant avec Mabrouk. Je lui fis remarquer que la ville était grande et que « son ex » ne pouvait se trouver partout où il irait ! Puis ce fut au tour d'Isabelle de nous fuir. Pouvions-nous lui reprocher ? Des changements successifs de looks : coiffure, vêtements, maquillage étaient-ils l'expression de sa souffrance, d'un mal-être ou au contraire de sa volonté de tourner la page, de changer de vie ? En tout cas, les résultats étaient parfois surprenants, je dirais même improbables. Je me souviens d'essais de teintures allant du blond platine au roux que je ne qualifierais pas de flamboyant mais presque ! Puis peu à peu, son apparence se rapprocha de « la normale ». Un réel soulagement lorsque la nouvelle de son futur mariage se répandit. D'après les commérages, l'heureux élu était un avocat, récemment divorcé, rencontré sur internet ! Ils firent paraître un avis dans la presse locale. Un faire-part aux allures de revanche ou plutôt de réhabilitation pour la compagne abandonnée. Étienne se souvenait de l'époux, un ancien condisciple aussi bien en primaires qu'en humanités. Les ragots avaient tort. Isabelle comptait depuis longtemps le futur époux dans son cercle d'amis. Mais il avait fallu un divorce et l'intervention d'une amie commune pour qu'ils franchissent le pas. Nous étions tous, y compris mon frère, sincèrement heureux pour elle.

Étienne eut bien sûr d'autres relations. Il plaisait beaucoup. Gai, charmeur, un « gentleman décontracté », disait maman. Pressé de questions, il avouait régulièrement avoir quelqu'un dans sa vie, cependant, il n'amenait aucune jeune femme à la maison. « A quoi bon », commentait-il : « rien de sérieux, de simples liaisons ».

Et puis, il y eut Ariane. L'histoire d'Ariane, en dehors de la noce (Séquence d'un téléfilm américain – par respect pour mon frère je renonce au terme mascarade !), je peux la résumer en deux rencontres-clés dont je me souviens dans les moindres détails. Dès le premier contact, elle me déplut et ce dès avant qu'elle n'ouvre la bouche.

J'avais l'impression de voir en elle. Je fus soudain l'une de ces voyantes qui prévoient l'avenir en direct à la télévision. Nul besoin de cartes, de pendule, d'artifices quelconques, nul besoin de date de naissance ni autre information, je suis une intuitive et mes intuitions sont rarement fausses. Elle apparaît debout devant moi et j'ai la certitude que cette femme va ruiner la vie de mon frère. Une seule question se pose : comment empêcher cela ?
— Bonjour, soyez la bienvenue.
J'ai préparé et répété cette phrase sur tous les tons, à la manière d'une artiste, afin d'obtenir celui qui ne contient pas les a priori que nous avons à son égard. Philippe, qui me surprend en pleine répétition, me suggère en riant de faire cela devant un miroir, « Comme Robert De Niro dans *Taxi Driver* »[6]. Je ne relève pas sa réflexion ironique à laquelle je n'ai rien compris. Mon frère a insisté sur l'accueil... CORDIAL ! « Je te connais, toi et tes jugements à l'emporte-pièce !»

En réponse à mon souhait de bienvenue, elle répond par un simple : « Merci. » Sur son visage, une sorte de grimace, un sourire forcé sans doute, ou plutôt, un demi-sourire forcé. Je n'en demande pas plus. Mon frère lui tient la main. On dirait une enfant qui a besoin d'être soutenue avant un immense effort. Je dois avouer qu'elle est ce que l'on nomme une jolie femme. Taille moyenne, corpulence plutôt mince, sans exagération, cheveux

---

6   Taxi Driver, film de Martin Scorcese, 1976

courts, châtain avec un léger et seyant reflet auburn (artificiel bien sûr) et puis de grands yeux qu'il est impossible de ne pas remarquer. Leur reflet doré semble hypnotiser tous les hommes présents dans la pièce. Même les jumeaux s'exclament : « Comme ils sont beaux tes yeux ! Qu'as-tu mis dedans ? Tu les as peints ?» Elle avance et se penche afin qu'ils les voient mieux. J'ai l'impression de voir à l'œuvre le serpent du Livre de la Jungle dont j'ai oublié le nom. Ah oui ! Shere Khan. J'avais imaginé qu'elle débarquerait dans une tenue déplacée, provocante. Et bien non ! Il fait beau et sa robe est de circonstance. Une robe à fleurs, un peu courte peut-être ? Petites manches et pas le décolleté profond que j'avais prévu dans ma liste de critiques… Mabrouk, notre labrador, l'accueille, comme il le fait avec chaque visiteur. Dans ce cas précis, il ajoute l'enthousiasme de la première fois. Par la suite, il ajoute le plaisir de les revoir ! Mabrouk s'élance, jappant joyeusement, sautant de plus en plus haut, avec une furieuse envie de lécher la nouvelle venue. Ariane recule, se protège des mains et crie à l'intention de mon frère.
— Retiens-le, j'ai peur !
Tiens ! Pas de surnom particulier, j'aurais misé sur un petit nom intime et ridicule mais non ! Même pas « mon chéri ». Étienne détourne l'attention de l'animal qui reporte ses ébats sur une personne qu'il connaît et qu'il aime. Mon frère justifie la réaction de sa future épouse en expliquant qu'elle a peur des « gros chiens ». Je pourrais ergoter et dire que Mabrouk (que nous avons mis au régime ces

derniers mois) n'est pas gros, mais je préfère me taire. Le pauvre animal ne sera pas récompensé de son aimable (et sincère) accueil, il passera l'après-midi dans le garage. En guise de consolation, je lui descendrai les assiettes à moitié vides de celle qu'il a tant effrayée.

Elle mange du bout des lèvres. Dans mon for intérieur, je lui dis : « Vous pouvez manger, nous ne cherchons pas à vous empoisonner, bien que l'envie soit là ! » Mère et moi, nous nous sommes donné beaucoup de mal pour organiser ce déjeuner sur la terrasse, à l'ombre, puisque la jeune femme évite le moindre rayon. A la recherche d'une ambiance conviviale, père et Philippe avaient suggéré de tout installer au jardin et d'y faire un barbecue. Nous avions tenu bon. Mon unique frère allait nous présenter sa future épouse. Peu importe qu'il ait choisi de lui offrir une bague de fiançailles sans la fête du même nom ! Il fallait donner à ce repas un peu de décorum. Je m'étais informée au préalable auprès de lui des allergies éventuelles (tellement à la mode) de la future épouse. Il avait été très prolixe. À l'évidence, il prenait beaucoup de plaisir à parler d'elle. Sans doute se disait-il que plus nous en savions sur sa promise, moins de questions nous lui poserions. Se méfiait-il ? Ne dit-on pas que l' « on honore ses saints comme on les connaît », ou l'inverse. Et dieu sait s'il nous connaissait mère et moi. Je dirai même qu'en ces circonstances, il nous redoutait.

Ariane n'est ni végan, ni végétalienne ni végétarienne, même pas allergique au gluten. Ouf ! Après m'être enquise des goûts de la jeune femme, je soumets le menu à Étienne. Il nous rassure : elle mange viande et poisson, Elle adore les crustacés (d'accord, mais il s'agit d'un simple déjeuner en famille, enfants y compris). Puis il s'étend longuement sur deux ou trois restrictions. Très sensible au bien-être animal et après avoir été choquée par divers reportages télévisés sur les conditions d'élevage, de transport et d'abattage, Ariane a exclu de son alimentation, le lapin, le poulet, le porc, le bœuf et bien sur le foie gras. Pauvre innocente, pensais-je, elle a en tête de belles images destinées à attirer les touristes en Irlande et doit faire un amalgame entre les moutons que l'on garde pour la laine et les agneaux à la chair tendre. Elle doit ignorer que les agneaux sont enlevés à leur mère. Elle les imagine heureux, gambadant dans les prairies irlandaises jusqu'à une mort, « douce », cela va de soi ! Heureusement à l'époque, on ne parlait pas encore de la souffrance des homards.

Les coquilles Saint-Jacques grillées, servies en entrées, ont l'heur de lui plaire. Par contre, premier (deuxième même) accroc au moment de servir le gigot et ses petits légumes ! Pour la famille, dimanche rime avec gigot, et vice versa. Pas question du gigot de six heures ni même de quatre heures, quelles inepties ! Comme il se doit, nous le mangeons « rosé ». Mêmes les jumeaux y sont habitués. Et c'est bien sûr le maître de maison qui le découpe à table. Avec un brin de perfidie (je le reconnais volontiers), je précise que l'agneau, viande de premier choix, commandé pour l'occasion auprès du meilleur boucher de la commune, n'a pas mis longtemps à cuire et qu'il est tendre et savoureux. Rien à voir avec les gigots de mouton que l'on sert dans bon nombre de restaurants. Tandis que Philippe debout pour l'opération, commence la découpe de belles tranches longues et fines, elle se penche vers Étienne et dit avec horreur :

— J'aperçois du sang ! Je ne peux pas regarder et encore moins manger !

— On va arranger cela chérie, dit-il rassurant.

Où voit-elle du sang ? Rien ne coule ni ne suinte. Qui est ce « on » dans la bouche de mon frère? Je ne peux me taire. Étienne est déjà debout et prêt à aller en cuisine, recuire la part destinée (sans doute pas bien grande) à sa fiancée. Je ne cache pas mon agacement.

— Nous l'avons toujours mangé ainsi, les jumeaux, toi, les invités... Sinon la viande est trop sèche et moins goûteuse !

— Et bien, cette fois je le mangerai également bien cuit.

Le ton de mon frère est aimable mais ferme. D'une voix faussement timide, Ariane lui dit :

— Ce n'est pas grave Étienne, je ne mangerai que les légumes, j'adore les légumes, tu le sais.

Et le vin blanc, ai-je envie d'ajouter puisque quelques minutes plus tôt, elle a refusé le vin rouge qui devait accompagner la viande (premier accroc). La veille, mon père, après avoir passé une partie de l'après-midi dans « sa » cave, était remonté tenant en main deux bouteilles de rouge dont il était fier et qu'il dédiait à l'événement.   Étienne a expliqué que sa fiancée « ne supportait pas » le vin rouge, mon père a sursauté. On peut avoir une préférence pour le vin blanc, le vin rouge ou le rosé, mais quand on aime le vin on boit le vin adapté au moment de la journée, aux plats servis au cours d'un repas ! « Supporter ! » que cache ce terme inapproprié... ? Il lui donne, paraît-il, la migraine.

Changement de registre, elle nous joue « la sacrifiée ». Maman prend derechef les assiettes et de belles tranches savoureuses. Pas question que son fils commence à toucher aux fourneaux pour satisfaire une jeune femme capricieuse.
Rien que des incidents, mais qui confirment mes craintes. Une pimbêche mollasse, souffreteuse, pour ne pas dire... emmerdeuse ou chiante, termes que je ne prononcerais pas à voix haute, mais qu'il m'arrive d'attribuer en silence à ce genre de personne. Avec ses simagrées, elle va pourrir la vie de mon frère adoré.

L'incident clos, mon frère vogue sur un nuage avec elle à ses côtés. Elle bouge peu. Non pas qu'elle craigne de tomber de « son perchoir » (elle maintient ses pieds à vingt cm du sol humide, depuis que Philippe a essuyé la limonade renversée en abondance par les jumeaux), mais elle a compris que le moindre de ses mouvements la trahit. Les jumeaux l'importunent. A mon avis, elle aurait trouvé légitime que nous les fassions descendre au garage avec le chien ! Elle si sensible à la cause animale, les aboiements plaintifs de Mardouk « l'exclu » ne la touchent pas ! Je reconnais que mes deux garçons étaient particulièrement excités. C'est souvent le cas quand nous avons de la visite. Sachant cela, nous avions renoncé à la messe de 16h30, un rendez-vous quasi sacré, que nous n'avions pas remplacé par l'Office du matin lequel aurait largement entamé le « QQC » de nos chers petits, soit leur Quota Quotidien de Calme. Ce sigle les fait beaucoup rire et nous en abusons. De plus, ils terminent les oreillons et, après plusieurs jours de fièvre et de repos, ils ont récupéré l'entièreté de leur influx nerveux. Perfidement (il m'arrive rarement de l'être deux fois dans la même journée), j'exprime le regret qu'elle n'ait pu emmener son fils de six ans. « Ce sont de futurs cousins, ils auraient pu jouer ensemble ! » J'ajoute : « Il est préférable que les garçons aient les oreillons avant leur puberté ! » Elle est embarrassée, Étienne vient à son secours. « Son père a demandé à le voir, ce qui n'est pas fréquent. Jérôme se faisait une joie de passer une journée avec lui et ses grands-parents paternels. » J'appris plus tard, que le gamin n'avait pas vu son père pas plus ce jour-là qu'un autre. Ariane n'aurait pu endurer le bruit que trois gamins jouant ensemble n'auraient pas manqué de faire !

Le peu de paroles qu'elle daigne laisser sortir de sa bouche suffit à confirmer l'analyse que j'avais faite d'elle lors de son entrée. Analyse étayée en première instance par les incidents du repas et complétée par ses attitudes durant l'après-midi. Étienne avait argué s'ennuyer avec Isabelle, allait-il vaincre l'ennui auprès d'Ariane ? Un air maussade et, au risque de me répéter, pas un seul rire de l'après-midi même lorsque Philippe, comme à l'accoutumée, a cru bon à la fin du dîner, en guise de pousse-café (en dehors d'un peu de vin, nous ne buvions pas d'alcool, elle non plus apparemment, un bon point!), de nous raconter des blagues de fonctionnaires. Ce qu'il est ! Quand il oublie la chute (gagné par le rire, cela lui arrive parfois), papa vient forcément à son secours, ayant travaillé lui aussi au service Urbanisme de la capitale. Bien qu'elles soient éculées, leurs blagues font toujours mouche. En tout cas, à leur écoute, Isabelle riait, elle ! Que ses rires soient sincères ou de politesse, ils avaient le mérite d'exister, de combler un silence qui aujourd'hui devient pesant. Les conversations s'orientent ensuite sur la famille : père, mère, enfants, fratrie, mon diagnostic quant à son égoïsme se confirme. Bon, elle est fille unique, nous ne pouvons pas lui reprocher, elle n'y est pour rien. Je soupçonne d'ailleurs que ses parents souffrent des mêmes maux ! Mais n'avoir pratiquement rien à dire lorsque l'on évoque son fils, étonnant ! De plus, elle parle de lui comme elle parlerait d'un étranger.

Étienne tente de la mettre en valeur. Il brosse d'elle le portrait d'une femme sensible, une sorte d'artiste. Elle lit beaucoup, des auteurs contemporains bien sûr, mais, surtout, elle relit énormément d'auteurs classiques que nous avons tous dû étudier en classe. Elle est capable de restituer de mémoire des passages qui l'ont profondément touchée. Elle s'intéresse aussi à la peinture et emprunte parfois le thalys afin de se rendre au Musée d'Orsay à Paris, pour une exposition qu'elle n'aura pas l'opportunité de voir en Belgique. Non, elle ne peint pas, par contre, elle a « un joli coup de crayon ». Enfant, déjà, elle passait beaucoup de temps à dessiner. Et deux de ses dessins, un portrait de son amie Colette et un de leur bichon « Pinky » furent choisis par leur institutrice pour faire partie d'une exposition de travaux d'élèves. La maîtresse d'école les avait jugés tellement réussis, qu'elle les avait mis sous verre et les avait suspendus dans la classe. Nos mines ironiques à mère et moi le poussent à insister, bien que le léger coup de coude de sa compagne signifie: « arrête-toi ». Je trouve ça pathétique de la part de mon frère. Ignorant le rappel à l'ordre, il poursuit : « Elle a ainsi dessiné Jérôme à des âges différents. En les alignant, on a l'impression de le voir grandir. Son amie Colette fait également partie de ses modèles favoris. J'espère que ce sera bientôt mon tour de figurer dans sa galerie de portraits (petit clin d'œil à l'intention d'Ariane) ! Bien que pour l'instant, elle se tourne davantage vers des monuments qu'elle aime, ainsi récemment, une cathédrale. »

Je ne peux m'empêcher de saisir la perche que mon frère m'a lancée en toute innocence. D'un ton suave, je suggère :
— Vous nous feriez plaisir en « croquant » (terme qui n'est pas choisi au hasard) Jean-Luc et Mathieu.
— Je n'ai pas le matériel nécessaire avec moi et pour faire un dessin convenable, il faudrait...
Sa phrase demeure en suspens. Philippe vient illico à son secours :
— Il faudrait que les jumeaux cessent de bouger au moins quelques minutes, ce qui leur est, particulièrement, en tout cas aujourd'hui, disons (il cherche le mot) difficile ! Je lui jette un regard noir, qu'il feint de ne pas apercevoir. Ariane, mise en confiance, ajoute :
— Ce serait intéressant de pouvoir, à travers le dessin, saisir les infimes détails qui permettent de les différencier.
Elle marque un point. Cependant, je campe sur mes positions. A présent, nous savons qui est notre future bru et belle-sœur, rien ne peut plus nous surprendre. Bien des différences existent entre eux. Ne seraient-ce que l'humour naturel de mon frère et son goût pour le sport, des éléments totalement absents de la personnalité de la jeune personne. A ne pas en douter les liens qui les unissent sont surtout d'ordre physique. Je ne parle pas volontiers des choses qui relèvent de l'intime. Au diable la

pudeur et pour une fois, vive le franc-parler, disons alors d'ordre sexuel !

Ils ne s'attardent pas. Étienne explique qu'Ariane, en plein préparatifs de leur futur mariage, est très fatiguée.

Le lendemain, je questionne mon frère sur les éventuels commentaires d'Ariane à notre sujet. Elle lui aurait dit en substance : « Une après-midi de souffrance. J'ai l'impression d'être passée devant le tribunal de l'Inquisition ! » Il est vrai que, dès le départ du couple, père et Philippe nous avaient inondées, mère et moi, de reproches qui n'étaient pas très éloignés de ceux de la jeune femme, au charme de laquelle ils avaient été sensibles. Père avait même oublié l'épisode du vin. Nous avions préféré ne pas réagir. Nos positions étaient clairement irréconciliables. Là où nous soupçonnions du machiavélisme, les hommes évoquaient une attitude de midinette !

La deuxième « rencontre » a pour cadre le domicile des jeunes mariés. Nous attendions avec impatience leur invitation. Le jour des noces, l'aménagement de la villa n'était pas tout à fait terminé et seuls père et Philippe avaient pu en découvrir l'extérieur lorsqu'ils s'étaient éclipsés un court instant en compagnie d'Étienne. La veille de la cérémonie, Ariane occupait encore son appartement de célibataire et avait envoyé son futur époux à l'hôtel. Le lendemain matin, elle pourrait ainsi se préparer dans le calme avec l'aide de son amie d'enfance. Plusieurs semaines s'écoulèrent avant que mon frère ne nous convie à leur rendre visite. Les jumeaux étaient excités, curieux de découvrir où leur parrain vivait et puis, ils avaient hâte de revoir leur cousin Jérôme, avec lequel ils s'étaient beaucoup amusés à la noce. Déception à l'arrivée, nous ne sommes pas seuls.

Bien sûr, la présence d'Anne-Françoise est légitime. Si je n'éprouve guère de sympathie pour l'épouse, par contre nous partageons tous la même opinion quant à sa mère. Une personne charmante et pleine de qualités, que nous plaignons d'ailleurs. Veuve, grand-mère dévouée et aimante, elle est très lucide quant à la personnalité de sa fille. La rencontre avec Étienne et leur mariage est pour la jeune femme une « vraie bénédiction » ! Comme elle l'avait fait le jour des noces, Anne-Françoise met toute son énergie à canaliser celle des jumeaux et de Jérôme réunis. Un instant à l'écart, pressé de questions, Étienne finira par m'avouer que son épouse aurait préféré que nous venions sans les enfants ! Le motif : le chahut qu'elle appréhendait. Leur excitation la rendait nerveuse, l'empêchait de se nourrir normalement et perturbait sa digestion. Il fit allusion à la nuit d'insomnies qui s'en suivrait. Venir sans nos enfants, il n'en était pas question !

Ariane a également invité Colette et Alex. Je n'ai pas oublié ce couple, que je n'apprécie pas. Des personnes de peu d'éducation, à la limite de la vulgarité, surtout l'époux. Elle maquillée à outrance, parlant haut et fort, et ponctuant pratiquement chacune de ses phrases par des rires sonores (habituée sans doute avec une amie comme Ariane à rire pour deux). Lui se tient à l'écart, silencieux, le regard fuyant. Incolore, inodore, insipide ? Pas tout à fait, car hypocrite, à ne pas en douter. Nous aurions tous préféré retrouver le clan dont Ariane, sa mère et son fils, font désormais partie. Une villa très confortable, une décoration façon magazine spécialisé, conjuguant ancien et moderne. Un professionnel est passé par ici ! Le jardin, garni de fleurs et de plantations fournies et entretenues par une société des environs, est tout bonnement magnifique.

Sur ses conseils, et mon frère insiste sur ce point, Ariane a eu recours pour l'occasion aux services d'un traiteur renommé. Deux extras passent parmi nous. Tout le repas, nourriture et boissons, est servi de la même façon, des zakouskis aux mignardises. Seuls les eaux, limonades et les desserts prévus pour les enfants sont mis à disposition sur une table ronde. Ils peuvent ainsi se gaver de chips, de sucreries, au point de ne pouvoir rien avaler de « correct » et de frôler la « fameuse indigestion » que leur venue risquait de provoquer chez notre hôtesse ! Rien à redire sur les mets servis. Délicieux et d'excellente présentation.

Recevoir d'une telle manière ne demande pas beaucoup d'efforts et donne lieu à une ambiance artificielle peu propice à la convivialité. Une ambiance qui ne ressemble en rien à celle de nos repas de famille. Nous avions l'impression d'être reçus par des étrangers en présence d'étrangers pour un événement quelconque. Assises côte à côte dans un canapé, Ariane et Colette détendues, se comportent comme si elles étaient seules. Elles ressemblent à deux adolescentes se faisant des confidences, enfermées dans la chambre de l'une d'entre elles. Leurs échanges verbaux quoique animés, demeurent sur le ton du chuchotement de telle sorte que nous n'avons aucune idée ce qui les fait tant rire. Et je dis bien « les » fait, car abasourdie, je fixe Ariane qui rit et je ne parle pas d'un petit rire isolé mais de rires francs et répétés ! Je tends l'oreille, mais les cris des trois garçons, passant sans cesse du jardin au salon, ne me permettent de saisir la moindre bribe de leurs échanges. Une attitude grossière qui laisse la porte ouverte à toutes les suppositions. Se moquent-elles de nous ? Le mari de Colette, la mine de plus en plus renfrognée, sort constamment fumer au jardin. Un prétexte pour s'éloigner. Je l'observe un court instant, il « shoote » avec force dans les pieds de haie. Une attitude qui reflète le potentiel de violence qui est en lui ! Tour à tour Étienne, Philippe et père tenteront d'entamer une conversation. Elle sera à chaque fois de courte durée. Il est du genre envieux, jaloux de tout et de rien. Sa manière de l'observer, l'œil en coin, (mauvais même) ne laisse aucune place au doute : il n'apprécie pas Ariane. Dès lors, il n'a aucune envie de nouer des liens amicaux avec le reste de la famille. Après la scène du jardin, j'ai presque envie de mettre Étienne en garde. J'y renonce, j'ai peur que son amour démesuré pour son épouse l'amène à exagérer la portée de mon intervention. Un après-midi raté, alors que nous nous faisions une telle joie de revoir notre fils et frère, et de se rendre compte, que malgré nos craintes, il est heureux ! Heureux du bonheur qu'il lui procure. J'en voulus longtemps (et le fait est rare) à mon frère, « mon jumeau » que j'aime tant et qui me manque, d'avoir permis à son épouse d'organiser des retrouvailles qui n'en étaient pas !

Par la suite, il n'y eut plus à proprement parler de réunions familiales, seulement de simples visites. Nous savions à présent avec certitude quelle personne était Ariane. Puis vint l'événement tant attendu. J'ai encore dans l'oreille la voix de mon frère m'annonçant qu'il allait être père ! Seule à la maison, je lui demande de répéter et je mets le haut-parleur, afin que la pièce soit inondée de son bonheur. Un bonheur immense qu'il exprimera à nouveau avec davantage d'intensité, lors de la naissance de sa fille. Pendant la grossesse qui s'avéra difficile, nous nous contenterons mère et moi de téléphoner de temps à autre à la future accouchée, formalité de pure politesse. Étienne nous communiquait « un bulletin de santé hebdomadaire ». Il n'était pas difficile de supposer ce qu'il endurait. Nous lui exprimions nos encouragements qu'il réfutait comme tels. Pour lui la période était tout bonnement magique !

L'imaginer, allongée en train de se plaindre, nous ôtait toute envie de venir visiter la future accouchée. Étienne insista. Qu'Ariane ait peu de visites, au point que la nôtre puisse être un dérivatif m'étonna ! Pouvions-nous jouer ce rôle ? Cela me fit sourire. Dans l'unique but de faire plaisir à mon frère, j'emmenai mère en voiture, laissant les jumeaux à la maison. Elle était étendue, telle une courtisane des siècles passés, dans l'attente des hommages qui lui étaient dus. Je fermai les yeux et j'imaginai une limace. Une limace géante qui aurait son visage... Il est vrai qu'elle n'avait pas bonne mine, le visage bouffi, blafard. Sur une petite table à côté d'elle, i phone, tablette, ordinateur et divers catalogues de mobilier et de vêtements du style : « Tout ce qu'il faut pour votre bébé. »

Nous lui apportions le dernier Goncourt, elle l'avait déjà. Nous voulions l'échanger. Inutile ! Il y a des livres qu'elle aimait posséder en plusieurs exemplaires. Nous n'avions pas grand-chose à nous dire. Une jeune femme nous apporta un plateau avec thé, café, biscuits et gâteaux. Qui était-elle ? Elle ne ressemblait ni à une garde-malade ni à une femme de ménage. Ariane la tutoyait gentiment et l'appelait Arlette. Bien que la future mère entamait son sixième mois de grossesse, nous n'avions pas pris de vêtement pour le bébé. Mère disait toujours qu'offrir cela trop tôt peut porter malheur. Et puis, aucun des deux n'avait évoqué le sexe, nous avions posé la question à Étienne, mais Ariane lui avait demandé de ne rien dire à ce sujet et il respectait son souhait. Grâce à Anne-Françoise, nous savions que tout serait prêt pour accueillir le bébé. Le futur père y veillait, obéissant aux directives d'Ariane qui ne voulait surtout pas que nous puissions mère et moi émettre le moindre avis. Précision que je tenais de la bouche même de mon frère, que j'avais pressé de questions ! Trois-quarts d'heure plus tard, sans avoir vu Étienne. Il venait d'avertir qu'il serait retardé, nous prenions congé de la future accouchée avec un réel soulagement.

— Catherine, je suis papa d'une superbe petite fille, quarante-neuf gr,… non cm,… j'ai oublié ! Nous l'appelons Lisa. La vie est magnifique. Dis-le à tout le monde.
Tout le monde, c'est-à-dire nous, la famille, le clan qui s'agrandit d'un nouveau membre et pas n'importe lequel ! La fille de mon frère adoré, mon « presque-jumeau ».

A la vitesse de la lumière, j'exagère à peine, mon frère vient, d'une voix à la fois forte et étranglée, d'annoncer l'événement le plus heureux de sa vie. Je n'ai compris ni le poids ni la taille, qu'il a d'ailleurs confondus. La fierté perceptible lorsqu'il tente de préciser « les mensurations » de son bébé, ne laisse aucune part au doute. Lisa est ce que l'on appelle « un beau bébé ». La naissance nous l'attendions tous, avec impatience, depuis plusieurs jours. Mon frère écoute à peine mes félicitations, et embraye immédiatement pour m'expliquer combien l'accouchement est un moment merveilleux, inoubliable. Il fut, paraît-il, rapide. Ariane épuisée a besoin de repos, pas de visite pour le moment. Un mail va suivre avec des photos de la petite « Lisa ». Au terme de ce monologue, aux allures de télégramme, gagnée par l'intensité de l'émotion de mon jumeau, je raccroche, les yeux plein de larmes. J'aurai à nouveau du mal à retenir mes larmes au moment où je transmettrai la nouvelle au reste du clan.

Étienne est heureux et nous partageons son bonheur. Aujourd'hui, quand je me replonge dans le passé, ce moment fut peut-être le seul (en tout cas un des rares) où Ariane, grâce à la petite Lisa et au bonheur qu'elle procurait à Étienne, eut sa place au sein de notre famille. Le soir, tous les six réunis nous triquerons au champagne (les jumeaux auront droit à une larme de Taittinger, une larme de bonheur) et levant nos verres, nous hurlerons de concert un « hourra » en l'honneur de l'entrée dans ce monde de Lisa et au bonheur de ses parents ! Contrevenant aux recommandations, le surlendemain, dernier jour de visite possible, je décide de me rendre à la clinique. Philippe accepte de jouer le rôle d'accompagnateur et de « catalyseur ». Nous ne pouvons arriver les mains vides, mais il faut ménager les susceptibilités de l'accouchée. Un énorme bouquet de fleurs blanches ses préférées, et une boite tout aussi énorme « d'utilitaires » : des sous-vêtements qu'une maman peut être amenée à changer plusieurs fois par jour ! Nous savions qu'aucun vêtement, susceptible d'être vu de tous, n'aurait été à son goût. Sont présents, Anne-Françoise et Jérôme qui, paraît-il, dès l'annonce de la naissance, trépignait d'impatience à l'idée de voir sa petite sœur. Ils nous laissent la place quelques minutes. Nous n'espérions pas être accueillis avec le sourire de l'accouchée. Mon frère masque son contentement à son épouse qui se tourne vers lui, les yeux chargés de reproches. Grâce à une de ces mimiques ridicules dont lui seul est capable, il banalise la situation. Habile, Philippe complimente Ariane faisant d'elle le centre de ses intérêts, pendant ce temps, Étienne dépose dans mes bras tendus, la petite Lisa. Trente secondes de pur bonheur !

Durant les mois qui suivirent, malgré des invitations répétées de notre part, nous n'eurent plus l'occasion de revoir Ariane. Soyons francs, peu importe que nous rencontrions ou non la jeune maman, constater l'évolution de la petite Lisa, la tenir un instant dans nos bras, c'est ce dont nous avions envie. Il est hors de question de « débarquer » à l'improviste (pour le « coup » de la clinique nous n'étions que deux), et nous attendons en vain une proposition dans ce sens. Au téléphone, Ariane, comme à son habitude, n'est guère loquace. Étienne l'heureux papa s'extasie de tout ! Un bébé ravissant et souriant, qui pleure peu et qui après quelques semaines, « fera » déjà ses nuits. C'est lui qui donne le biberon de la nuit. Il ne dort que d'un œil selon l'expression, mais surtout « d'une oreille ». Il se lève dès qu'elle émet le moindre cri ou pleur. Nous évoquons la possibilité de nous retrouver tous, nous le sentons embarrassé. Il évoque le baptême. Colette sera la marraine et Philippe le parrain. Nous attendons avec impatience la cérémonie. Annulée pour cause d'hospitalisation de la maman, la cérémonie est reportée à une date ultérieure. Nous choisissons de ne pas tarauder Étienne à ce sujet. Nous le savons fort occupé au bureau et à la maison. En fait, l'annonce de la date de l'événement ne viendra jamais. Revenant sur la non-célébration de ce sacrement, essentiel à ses yeux, mère répétera plusieurs fois, évoquant la jeune maman : « Je lui réserve un chien de ma chienne ! » Ce à quoi je lui répondis, le sourire en coin : « Mabrouk est un vrai mâle, maman ! » L'essentiel étant pour nous de voir grandir la petite Lisa, mon frère vint de temps à autre nous rendre visite le week-end, accompagné de Jérôme. Il nous apprit, sans plus de précisions, qu'Ariane avait subi pour la seconde fois l'ablation d'un kyste. Il ne parla pas davantage de la dépression dont elle souffrait. Anne-Françoise nous avait mis dans la confidence. Les questions sur la jeune mère n'étaient pas les bienvenues, même hors de la présence des enfants. Jean-Luc et Mathieu étaient fous de Lisa, qu'ils voyaient davantage comme une petite sœur que comme une cousine. Eux, parfois si brutaux dans leurs gestes, redoublaient de douceur lorsqu'ils s'approchaient d'elle et la caressaient la mine ravie.

Malgré son obstination à y croire encore et toujours, il y eut un moment où mon frère abandonna à la réalité son rêve d'une famille idéale. Il s'était accommodé d'une famille bancale avec la ferme volonté de la transformer. Il n'a pu empêcher son éclatement. Il y avait une cellule à laquelle ils appartenaient les enfants et lui, et un électron libre, elle. Nous n'avions pas de mots assez durs pour qualifier le comportement d'Ariane, durant les années précédant l'incident. Étienne continuait à pourvoir à ses besoins, venait à son secours au moindre ennui, même domestique. Poser par elle-même un acte, aussi minime soit-il, était devenu au-dessus de ses forces. Ariane était, pour tous, un mystère qui s'épaississait de jour en jour. A quoi bon tenter d'expliquer l'inexplicable ? Ou même simplement de raconter « l'irracontable » ?

Les enfants devaient être entourés, aimés, protégés. Bien qu'elle refuse de le reconnaître, Anne-Françoise était de plus en plus souvent fatiguée. Elle s'efforçait de combler les carences du comportement de sa fille dont elle avait honte. Elle se sentait coupable et cherchait les erreurs commises dans l'éducation que son mari et elle-même avaient donnée à leur enfant. Elle n'hésitait pas à qualifier son beau-fils de « saint ». Pour Étienne, entre sa carrière professionnelle et ses enfants, un seul choix possible. Il renonça au titre de fondé de pouvoir qu'on lui offrait. Il restreignit le champ de ses responsabilités et aménagea son temps de travail afin de s'occuper au maximum de ses enfants. « Suppléer à l'absence momentanée de leur mère », disait-il ! Elle n'avait été qu'une mère à temps partiel. Il refusait de le reconnaître. Il faisait en sorte qu'elle soit encore présente dans la vie des enfants, même de manière factice. Nous avons été témoins de pas mal de pieux mensonges. Des cadeaux offerts au nom de maman ! La petite y croyait et sautait de joie. Jérôme nous interrogeait du regard, nous détournions la tête.

— Maman m'a téléphoné au bureau. Elle vous aime très fort et vous embrasse !

Pure invention ! Nécessaire sans doute pour une petite-fille qui, comme toutes les petites-filles de son âge, joue au papa et à la maman. Pendant ces années, Étienne pouvait tromper « son monde » mais pas moi. Son visage était une sorte de baromètre oscillant entre « pluie » et « variable » lorsqu'il ne se savait pas observé. Dès qu'un enfant ouvrait la bouche, l'aiguille atteignait d'un seul bon la zone « beau temps ». J'avais l'impression, en plongeant mes yeux dans ceux de mon frère, d'atteindre le tréfonds de son âme où se réfugiait un immense chagrin.

L'incident nous a tous profondément choqués. Nous devons rester unis. Le temps fera son office. Étienne paie le prix fort pour un coup de cœur qu'il a idéalisé. Sa volonté de protéger à tout prix les enfants, d'édulcorer au maximum les inévitables séquelles, l'empêche de sombrer. Récemment, un sermon nous a rappelé que Étienne était le prénom du premier martyr chrétien ! Ce qui n'avait guidé en rien le choix de mes parents à la naissance. En d'autres circonstances, nous aurions quitté l'Office le sourire aux lèvres.

VII.

L A U R E N T

Ex-compagnon d'Ariane, le père de Jérôme.

Je suis celui que l'on a vilipendé, taclé, tancé...
Sortir de leur vie, devenir invisible était une
question, je dirai et cela peut paraître excessif, de
survie. Notre erreur a été d'obéir, en enfants
aimants, disciplinés et, selon une expression
dénuée de sens précis, « bien élevés », que nous
étions ! Nous avons oublié que nous étions aussi
des adultes.

Imaginez à la maternelle, deux bambins de quatre à
cinq ans, une petite fille, un petit garçon, se tenant

par la main, jouant aux amoureux, échangeant avec beaucoup de maladresse d'innocents bisous. Mignons, attendrissants, aux yeux des adultes, enseignants, parents... Seul l'avis des parents d'Ariane était plus mitigé.

Dans le secondaire, à l'âge des premiers flirts, on nous retrouve, main dans la main, promenades et « french kiss », comme disent les Américains. Ariane parlait de « baisers florentins ». Elle était différente des autres filles. Grâce à l'équipe de basket, j'étais son héros, elle était la jolie « pom-pom girl ». Beaucoup de copains m'enviaient. Puis je vécus les expériences nécessaires à tout garçon qui veut devenir un homme, tandis qu'elle traversait, à grands renforts de larmes et de confidences aux amies proches, sa première déception amoureuse. A l'université, je reviens de nouveau vers elle et c'est avec moi qu'elle aura sa première expérience sexuelle. Je fus « son premier » dans tous les aspects de l'amour. Me sentant comme piégé, je m'éloigne et papillonne sans grande conviction. Animé soudain par la crainte de la perdre pour de bon, j'accours vers elle et nous reprenons notre histoire, comme si entre-temps rien ne s'était passé. Je le reconnais, nous avons manqué de prudence. La sachant un peu éthérée, j'aurais dû être plus vigilent. Ce genre « d'accident », d'autres jeunes l'ont connu avant nous, mais l'ont réglé autrement.

Trop jeunes pour être mariés, trop jeunes pour être parents ! Après la naissance, elle était coincée, moi j'ai repris ma liberté. Je n'ai pas honte de mon attitude. Je l'assume. D'aucuns l'ont qualifiée de lâche. Il m'en a pourtant fallu du courage pour aller au bout de ma décision. Ariane n'a pas tenté de me retenir. Elle me comprenait et j'ose dire, m'enviait ! Au statut inamovible de « premier amour », j'ajoutais dorénavant celui d'ami sincère. Pendant quelques temps, elle a continué à venir soutenir, avec le même enthousiasme, notre équipe de basket lors de matchs importants. Elle me donnait des nouvelles de Jérôme, des photos. Je l'informais, pêle-mêle, des changements dans ma vie : autre d'employeur, déménagement, puis abandon du basket... A la suite de quoi, nous n'avons pratiquement plus eu de contacts. Seuls les coups de téléphone d'Anne-Françoise qui m'aurait retrouvé et poursuivi jusqu'au Pôle nord, j'exagère à peine, me rappelaient que j'avais un fils et que même si il n'y avait aucun jugement du tribunal à son sujet, il était de mon devoir de verser une contribution mensuelle à son éducation ! Depuis le mariage d'Ariane, elle ne m'a plus contacté.

L'image que je garde d'Ariane et à laquelle je tiens, est celle d'une jolie jeune femme, fan bruyante, inconditionnelle, avec la mauvaise foi des vraies supportrices. Qu'elle fut d'un naturel dépressif ? Je ne dirai pas cela ! Bien sûr elle avait ses frustrations, qui n'en a pas ? Le regret de n'avoir pas pu faire des études artistiques, davantage afin de se réaliser à travers des activités de loisirs, que songer à les exploiter dans une activité professionnelle. Nous étions nombreux à reconnaître le sectarisme de ses parents. Combien de jeunes arrivant à l'âge adulte ont des raisons de se plaindre de leurs géniteurs ? Pas mal de pseudo-amis et de relations la perçoivent autrement. La meute est lâchée. Je n'ignore pas les remarques récurrentes, exagérées, arguant de naïveté, de sensiblerie, d'air maussade, de sourires rares, voire d'attitudes méprisantes. Ces personnes ne l'ont pas approchée suffisamment. Dommage que de fausses appréciations entachent les souvenirs que l'on garde d'elle.

J'ai autorisé son adoption, Jérôme n'est donc plus mon fils. Jérôme a un père qui l'aime et qui veille admirablement sur lui, biologique ou pas, un terme sans importance. Il connaît mon existence, mais s'est habitué à ne pas me voir. Le savoir entre de bonnes mains me suffit. Ma propre vie n'intéresse personne. Je dirai simplement que je suis marié et heureux, et que je regrette qu'Ariane n'ait pas réussi à trouver le bonheur.

VIII.

M A R I A N N E

Une ancienne collègue, environ 40 ans, grande mince, mariée, deux enfants.

Une main saisit l'arrière de mon bras. Je me retourne surprise. Double surprise, car la personne qui se trouve face à moi, est une ancienne collègue devenue l'épouse d'un des caciques de la boîte. Je la connais certes, mais nous n'avons jamais entretenu des liens d'amitié. D'ailleurs, Ariane ne manifestait pas beaucoup d'empathie pour les membres du personnel. Certains la disaient réservée, d'autres froide. Bronzée, amincie, elle sourit. Un sourire engageant qui contredit sa réputation et me surprend.

— Bonjour Ariane. Comment vas-tu?

Je prends l'initiative d'une conversation qui doit être courte. Je ne compte pas m'attarder. J'en aurais même le temps ou l'envie, la foule habituelle du centre-ville le vendredi après-midi est peu propice à de longs échanges verbaux.

— As-tu déjeuné ? Je t'invite... Monique ?

Elle hésite, elle cherche mon prénom. Je ne relève pas l'erreur, une perte de temps. Nul besoin de regarder ma montre, je sais qu'il est plus de seize heures.

— Gentil, mais oui j'ai déjeuné et je rentre chez moi. Les enfants m'attendent.

— Un café alors ? J'aimerais te parler.

Le ton devient insistant, presque suppliant. Elle n'a pas dit : « Je veux te parler. » mais « J'aimerais te parler. » Bien que nos rapports n'aient jamais dépassé le cadre professionnel, impossible pour moi de refuser. Je ferai de sorte que la conversation de ne se prolonge pas.

D'un pas ferme, elle se dirige vers une brasserie où, apparemment, elle a ses habitudes. Elle choisit avec soin la table où nous pourrons bénéficier d'un peu d'intimité.

Sitôt assise, je la félicite de sa bonne mine. Je fais allusion à son bronzage. Par contre, je feins de ne pas remarquer sa silhouette amaigrie, les cernes sous ses yeux, les plis verticaux de son front. Ce que l'on appelle les rides du lion. Visiblement, elle a des problèmes, petits ou grands. Compte-t-elle me les confier ? A moi qui, au boulot, n'ai jamais échangé plus de trois phrases avec elle. Cependant, lors de son mariage, enceinte pour la deuxième fois, je l'attendais au bas des marches de l'église avec Lisa, ma petite-fille de cinq ans qui avait beaucoup insisté pour voir la mariée, « sa première mariée ». Intimidée par une femme qu'elle prenait pour une princesse, la petite avait réussi, guidée par mes bras, à lui tendre le bouquet de fleurs qu'elle tenait fermement dans ses petits bras levés depuis plus d'une heure. En remerciement, elle eut droit à un rapide baiser ; le bouquet avait immédiatement changé de main. Il est vrai que la mariée descendait une à une les marches et soulevait des deux mains le bas de sa robe, au risque de chuter.

Depuis, je ne l'avais plus revue. Très vite Ariane aborde le sujet qui la tourmente. Son époux veut un enfant. Une envie qu'elle ne partage pas. Elle a déjà un fils qu'il considère comme le sien. Suis-je légitime pour recevoir de telles confidences et de plus, la conseiller ?
— Tu as plusieurs enfants ? Non ?
Le ton est hésitant.
— Nous avons deux enfants. Une fille Lisa, puis un garçon, Damien. Ce n'est pas assez pour faire de nous une famille nombreuse.
Je ne peux m'empêcher d'ironiser un peu. Pas la moindre méchanceté derrière mes propos.

Elle se souvient de « Lisa »sur un faire-part très original, d'une grandeur inhabituelle, alliant pastels et photos. Son fils, Jérôme, l'a punaisé sur un panneau dans sa chambre.

— C'est celui annonçant la naissance de Damien avec la photo de Lisa.

J'en profite pour rectifier, sans la vexer, son erreur de départ.

— Mon prénom est Marianne.

— Désolée j'ai retenu qu'il commence par « M » d'où Monique. Bizarre, pour ma part, j'aurais fait le lien entre Ariane et Marianne ! Je me garde bien de le lui dire.

Elle s'étonne de la différence dans le choix des prénoms.

— Oui, je sais, association bizarre. Nous nous devions de faire plaisir aux parents de Pierre, fervents catholiques, déçus par le choix du prénom de notre fille. Par contre, les miens ont sursauté lorsqu'ils ont appris le prénom de notre fils !

Je ramène la conversation sur les problèmes qui la tracassent et pour lesquels elle requiert mon avis. Je fais le point. Je le regretterai à plusieurs reprises par la suite. Son époux souhaite à tout prix un enfant. Elle n'en éprouve nullement l'envie, pire, cette éventualité revêt pour elle la forme d'un réel cauchemar. Mais il insiste ! Pourtant, il s'occupe de mon fils comme s'il était le sien. Cela pourrait lui suffire ?

— Aussi proches soient-ils l'un de l'autre, le lien n'est pas le même.

Et j'enchaîne.

— Il veut un enfant de son sang et avec toi, parce qu'il t'aime.

Selon elle, tous les hommes veulent un fils, et le risque existe que ce soit une fille !

— Pas forcément, notre désir d'avoir un deuxième n'était pas dicté par le fait que le premier est une fille. Jean, mon époux, n'aurait pas été déçu d'avoir une deuxième fille. Il n'en fait pas plus pour Damien que pour notre fille. D'ailleurs, Lisa obtient tout ce qu'elle veut de son père.

Elle m'écoute, une fois de plus, hésitante.

Puis, elle enchaîne tous les arguments qui n'ont, paraît-il, aucune prise sur lui. Un bébé, c'est épuisant. Elle n'a aucune envie de recommencer avec couches et biberons de nuit. A la suite de sa dépression post-partum, alliée à une fatigue énorme, elle avait dû confier Jérôme à sa mère. Une grossesse difficile de bout en bout dont le souvenir est encore bien présent. Dès le début, de multiples problèmes de santé l'ont contrainte, à demeurer couchée. A l'époque, elle était encore étudiante, et elle a dû abandonner son cursus.

— Je ne suis pas gynéco, mais une grossesse n'est pas l'autre. La première était une grossesse inattendue, pour ne pas dire inopportune, tu étais très jeune. Cette fois c'est différent. Tu peux te faire aider de toute façon (un sous-entendu pas

forcément bienveillant : « Tu en as les moyens. »)
et ta mère est en bonne santé.

Elle s'était sentie dépassée lorsqu'elle en avait un,
en pensant à un second, elle est anéantie. Elle cite
en exemple, sa belle-sœur. Complètement écrasée
par ses deux fils, elle leur permet tout et n'importe
quoi. Les jumeaux n'obéissent pas, se chamaillent
sans cesse. Et leur mère reste d'un calme olympien.
Par contre, lorsque le père s'en mêle, les punitions
pleuvent et parfois, les claques volent ! Cela la
heurte.

— Évidemment deux garçons du même âge, pas
facile ! Mais ce ne sera pas votre cas. Je suis
persuadée que Jérôme, en tant qu'aîné de plusieurs
années, aura déjà des gestes protecteurs vis-à-vis
de son petit frère ou de sa petite sœur.

Elle avoue que son époux, attentif à tous ses désirs,
la comble de cadeaux et que la venue d'un enfant
est leur seul point de discorde. Elle voudrait lui faire
plaisir. L'enfant serait une sorte de remerciement. Il
a quarante et un ans et déclare « qu'il est temps de
s'y mettre ». Il ne voudrait pas être traité de
« vieux » par son enfant adolescent. Bien qu'il
sourie en disant cela, elle sait que ses propos sont
sincères. Il promet de s'en occuper, de la décharger
d'un maximum de tâches, d'embaucher une
nounou...

J'entreprends de la convaincre. Pour quelles
raisons ? Je me suis posée la question de
nombreuses fois par la suite. Alors que lui donner

raison m'aurait sans doute permis d'écourter la conversation, ce que je souhaitais. J'embrayais sur mon vécu. J'expliquais mon désir d'avoir un troisième enfant. J'étais persuadée que ce serait une fille et j'avais déjà choisi le prénom. Je me suis heurtée à un refus catégorique de la part de mon époux. Pour conclure, je dédramatise la situation et utilise mes dernières cartouches. Avec cet enfant, elle ne fera pas que combler son époux et consolider son couple, elle offrira à Jérôme une fratrie. Je ne crois pas en l'épanouissement des enfants uniques. N'a-t-elle jamais regretté de n'avoir ni frère ni sœur ? Et puis, cette fois, elle pourra, dans des circonstances plus favorables, jouir pleinement du rôle de jeune mère. La joie de donner la vie, de serrer un bébé dans ses bras, de le bercer, de le soigner, de le voir sourire... Des étapes qui sont toutes des sources d'un bonheur partagé pour les parents. Lorsque nous nous quittons, sa belle certitude est ébranlée. J'abandonne une femme dans l'expectative.

Plus d'une année passe avant que je ne la rencontre, à nouveau par hasard. J'entre dans un fast-food comme je le fais parfois. Le menu « hamburger-frites-coca », le summum de la malbouffe, est pour moi comme une gourmandise que je m'accorde de temps à autre ! Une main levée s'agite dans ma direction. Ariane est attablée, seule, devant un un gobelet de carton. Une image d'elle que je n'aurais jamais imaginée, un oxymore ! Je suis mal à l'aise en découvrant son visage : celui d'une femme au bord de la catastrophe ! Un foulard cache, dira-t-elle sa thyroïde exagérément gonflée. J'avais été mise au courant de sa grossesse, de la venue d'une petite-fille, Lisa (Tiens!). J'avais versé ma participation au cadeau du service et signé la carte qui l'accompagnait, peu avant mon départ d'ailleurs. Sachant que mon nom figurait sur la liste des futures victimes de la restructuration, j'avais pris les devants. Mon CV m'avait permis de trouver rapidement un travail similaire, mieux rétribué dans un organisme bancaire. Je ne la mettrai pas au courant. A quoi bon interrompre ses confidences avec des informations qu'elle oublierait immédiatement et qui, en outre, ne l'intéresseraient pas ?

Après un bref résumé du cauchemar que fut sa seconde grossesse, elle entame la longue liste de ses ennuis de santé depuis l'accouchement, le dérèglement de la thyroïde (dont on projette l'ablation) n'est hélas pas le seul ! Au fur et à mesure de ses explications, assez embrouillées, la culpabilité grandit en moi. Pourquoi ai-je mis tant d'énergie à vouloir la convaincre ? Elle n'évoque pas notre dernière conversation. Dès qu'elle m'en offre l'occasion, je la questionne. Je dois interrompre la récitation d'un protocole médical fourmillant de détails qui accroissent mon sentiment de culpabilité. Dès qu'elle s'interrompt un instant pour reprendre son souffle, bien que son débit de paroles soit ralenti par un état de fatigue évident, j'interviens.

— La petite est, d'après tous ceux qui l'ont vue, magnifique et te ressemble beaucoup.

Puis je l'assaille de questions.

— Comment va la petite ? Se réveille-t-elle la nuit ? Ton époux est heureux bien sûr ? Comment se comporte-t-il avec l'enfant ? Es-tu aidée par ta mère, une autre personne ?

Les réponses lui rendent un peu de sérénité. Le père en est fou ! Il répète sans cesse : « Elle sera aussi belle que sa mère, si ce n'est déjà le cas ! » Il s'occupe d'elle comme une femme pourrait le faire. « Mieux que moi », dit-elle. Il la lave, change les couches, il se levait la nuit pour lui donner le biberon. A présent, il prépare soupes, panades... tous les repas de sa fille — Bien entendu en concertation avec la grand-mère —.

— Il sait mieux que moi (elle se dévalorise pour la seconde fois) ce qu'elle mange et boit sur une journée !

Elle se sent maladroite et préfère ne pas donner le bain. Par contre, lui qui autrefois n'avait pas d'horaire régulier en raison des nombreuses réunions, se débrouille pour participer, le plus souvent possible, au rituel du bain. C'est avec regret qu'il laisse Anne-Françoise opérer seule. Ariane leur cède bien volontiers la place. Elle a besoin de se soigner, de se reposer. Les antidépresseurs lui ôtent toutes forces et toutes envies. Son psychothérapeute insiste beaucoup, elle doit continuer le traitement.

J'invoque des obligations familiales et la laisse seule. Je m'en veux de m'enfuir ainsi. « Je reste encore un peu », dit-elle. A sa mine et au ton de sa voix, je ne doute pas qu'avoir trouvé une écoute attentive, lui a fait du bien. J'ai l'impression, malgré tout, de « m'être un peu rachetée ». Ni l'une ni l'autre, nous n'avons évoqué l'éventualité d'une prochaine rencontre.

Le hasard nous amènera à nous rencontrer à deux reprises. Un soir, après « un cinoche entre copines » comme nous le qualifions, Aline et moi allons prendre un verre avant de regagner nos foyers respectifs. Nous choisissons un café, piano-bar où nous allions à l'époque de notre célibat et où il nous arrive parfois de nous rendre en couple. Beaucoup de monde ce vendredi soir, nous craignons de ne pas trouver où nous installer. Génial ! mon amie, repère un bout de banquette. Nous prenons place. A côté de nous (Oh surprise !), Ariane en conversation avec un homme qui lui fait face. Nous nous saluons. Je suis un peu embarrassée. Je ne le serai pas longtemps. L'homme d'âge mûr, Claude, se présente à nous et explique d'emblée. Leur amitié remonte à l'époque où il jouait au basket dans le même club que Laurent futur compagnon d'Ariane et père de Jérôme. Ariane ne ratait aucun match et parmi la bande des supportrices, on reconnaissait sa voix. D'ailleurs, à la troisième mi-temps, elle était pratiquement aphone. Une attitude surprenante qui ne colle pas avec l'idée que nous avions de sa personnalité. Elle reconnaît que ce sport l'a longtemps intéressée et insiste sur le niveau atteint par, notre interlocuteur. Un joueur talentueux, le meilleur de l'équipe. D'ailleurs, par la suite, il a joué pendant plusieurs années dans une équipe de division 1. Difficile pour nous d'imaginer Ariane en supportrice exubérante. Et pourtant, Claude insiste beaucoup. Elle continua d'ailleurs à assister à des matchs après s'être séparée de Laurent.

Claude change brusquement de sujet et se lance dans un numéro de charme outrancier dont le but est davantage de nous faire sourire que de nous faire succomber ! Ce second degré crée une ambiance agréable. Sous son insistance, nous acceptons un dernier verre. Ariane décline d'un geste de la main. Devant elle, posé sur la table, un verre de vin blanc dont elle n'a pas lâché le pied depuis notre arrivée, sans pour autant le porter à ses lèvres. Le vin doit être tiède ! Aucune de nous deux ne pose de questions sur son état de santé. Amaigrie (difficile de comparer avec notre rencontre au fast-food), le visage douloureux, les yeux sans éclats sont ceux d'une femme minée par d'innombrables inquiétudes! Une face de suppliciée, commentera Aline sur le chemin du retour. L'arrivée d'un groupe de fêtards entonnant des chants estudiantins (Ah la nostalgie!) rend la conversation difficile. Nous sommes tous contraints d'élever la voix. Le ton monte et la gaieté s'effrite. Ariane perdue dans ses pensées, semble faire corps avec la banquette, telle une statue que l'on ne peut détacher de son socle. Que fait-elle ici à cette heure ? Où sont mari et enfants ? Femmes mariées exceptionnellement autorisées par leurs époux respectifs, à sortir en célibataires (tel est notre argument), nous prenons congé avec soulagement. A la sortie, légèrement excitées par l'ambiance, la chaleur, l'alcool, nous éclatons de rire ! Des rires qui provoqueront des crampes, après la réflexion de Aline :

— Tu connais le nom de la « momie » qui était assise à côté de nous ?

A ce moment, nous n'avons pas conscience de la méchanceté de nos propos.

Mon ultime rencontre avec Ariane a lieu quelques mois avant l'événement. Surréaliste ! A un carrefour, de part et d'autre de la chaussée, nous attendons chacune que les feux passent au vert. Nous allons traverser en nous croisant. Elle m'a vue. A mi-chemin elle me retient par le bras et m'entraîne sur le trottoir. Ses confidences, malgré une situation inconfortable et dénué de toute intimité, vont durer plus de vingt minutes.

Une scène que je peux raconter comme si elle venait de se passer. De ses logorrhées, j'ai retenu, si pas la totalité, du moins l'essentiel. Elles témoignent d'une situation bizarre, au départ de laquelle mon subconscient a composé des images qui me hantent encore aujourd'hui. Comment un sourire pouvait-il prendre place dans un visage aux traits torturés, prématurément vieilli ? Il est vrai que son sourire figé s'apparentait davantage à un rictus. Elle dont le débit de paroles jusqu'alors caractérisé par rythme normal, entrecoupé de longs silences dont on ignorait l'origine (réflexions, inattention, le peu d'intérêt de la conversation ?), s'exprimait différemment : un débit très lent mais continu. On aurait dit une enfant d'école primaire qui restituait la récitation étudiée la veille, sans aucune expression dans la voix, ce qui lui fera perdre des points ! Je sentais confusément qu'il s'agissait à présent de son ton habituel. La surprise du hasard et le lieu de la rencontre n'y étaient pour rien. L'interrompre eut été grossier. Ce visage, qui fut si beau, à présent gonflé, immobilisé dans un léger sourire, comme peuvent l'être certains après un acte de médecine ou de chirurgie esthétique, me fait songer aux personnages de cire du Musée Grévin. Son regard étrange, lointain, mystique même, me met mal à l'aise. Elle me décrit une situation pour le moins saugrenue. Sa manière de parler, jointe à l'immobilité de ses traits, je les attribue à la prise de médicaments.

Elle occupe seule un appartement au centre-ville. C'est trop fatigant pour elle de rejoindre chaque soir la villa (quelques kilomètres à parcourir, oui mais les encombrements sont fréquents). Perplexe, je ne fais aucun commentaire sur la description de ce qui est à ses yeux la situation idéale. Son époux et les enfants habitent toujours dans la villa. Impossible de vivre ensemble, car leurs horaires ne coïncident pas. Avec l'accord de son psychothérapeute, elle travaille à mi-temps dans la boutique de vêtements de luxe d'une amie. Grâce à cela elle a retrouvé son équilibre et même entrain et dynamisme (où sont-ils ?). Mais il est encore trop tôt pour abandonner complètement les antidépresseurs qu'elle prend depuis plusieurs années. Vers dix-huit heures, exténuée, elle regagne son appartement. Un mot à sa voisine, une personne âgée qui guette son retour, puis elle se concocte au blender un jus de légumes, un différent chaque jour de la semaine (je la sens prête à me confier quelques-unes de ses recettes). Ensuite, elle va se coucher jusqu'au lendemain. Dans son rythme de vie actuel, il n'y a pas de place pour un vrai repas le soir, mais on dort mieux l'estomac léger. Elle n'utilise pas de réveil, elle fonctionne avec son horloge biologique. Son arrivée au magasin, elle la calque sur la pause-déjeuner de Colette, son amie. Impossible dès lors de faire coïncider « sa nouvelle vie » avec celle de son mari et des enfants.

Quel commentaire aurais-je pu avancer à ses propos ? Je secoue de temps à autre la tête, tout en moi reflète la légendaire neutralité de la Suisse ! Fallait-il en rire ou en pleurer ? Une quiétude désarmante, des faits étonnants, interpellants. Forcément, elle reconnaît avoir peu maigri (je suis davantage frappée par son visage bouffi), ne consommant que deux repas par jour. Le bon côté des choses : elle peut se permettre des sucreries si l'envie lui en prend et le meilleur : elle entre dans une taille trente-quatre. Avant sa première grossesse, elle portait du trente-six. Elle se sent zen. La vie qu'elle vient de me décrire, elle l'attendait depuis longtemps, elle n'a jamais connu une telle paix intérieure. J'ai écouté religieusement. Je la fixe interloquée, prise de cours. Je ne sais que penser, que dire, hormis un stupide: « Ah ! C'est bien. » qui a pour effet de mettre fin à des confidences intimes, au milieu des passants. Ariane me presse le poignet, secoue la tête et traverse la chaussée. De l'autre côté, j'entraperçois une dernière fois son visage bouffi sur lequel on a tatoué un sourire.

Après l'avoir quittée, je suis gagnée, malgré moi, par un rire étrange qui fait se retourner les personnes que je croise. Un rire qui démarre de l'intérieur et qui vient mourir, en hoquets quasi silencieux, sur mes lèvres entrouvertes. Plus tard, en famille, confortablement installée dans le divan, je suis envahie par une soudaine tristesse. Me remémorant son visage s'illuminant lorsqu'elle décrivait en détails sa vie, j'ai soudain l'envie de pleurer. Pleurer sur elle ? Pour elle ? A sa place ? La sororité, j'y ai adhéré dès ma plus tendre enfance, avant de connaître le vocable. Dans toutes les situations, quelque chose au plus profond de moi m'incite à soutenir la femme. Je suis capable de souffrir avec des inconnues dont je découvre les problèmes plus ou moins graves, dans mon quotidien, à la télévision... J'ai toujours été l'amie, la voisine ou l'étrangère rencontrée par hasard, à laquelle on pouvait se confier et surtout sur laquelle on pouvait compter. Ce soir-là, une fois couchée, une nouvelle vague de tristesse m'empêchera de trouver le sommeil. Je m'inquiète pour l'avenir d'Ariane.

IX.

C O L E T T E (2)

Les retrouvailles

Enfin libre et de retour dans ma ville, je fête l'ouverture d'une nouvelle boutique.
Tel un zombie, un verre tenu d'une main tremblante, elle se dirige vers moi d'un pas mal assuré. Une terrible crampe me tord l'estomac. Malaisé de reconnaître Ariane, la flamboyante jeune femme qui ne laissait aucun homme indifférent. Une surprise douloureuse qui m'empêche pendant un instant de dire quoi que ce soit. Aux mots, je préfère un geste de tendresse. Dans les bras l'une de l'autre, nous retrouvons en l'espace de quelques

secondes l'affection des années passées. Elle a l'air épuisée et tente en vain de sourire. Je l'aime trop pour la qualifier de pathétique.

Tous les têtes, ou presque, se sont tourné vers elle. Ces gens qui l'observent, franchement ou à la dérobée, d'un air apitoyé ou méprisant, me mettent hors de moi. Je prends mon amie de toujours par le bras et la présente, en mode faussement décontracté, à ces femmes nanties et snobs que j'espère compter parmi mes fidèles clientes. Sincérité et sens commercial vont rarement de pair. Quatre mots : « ma sœur de cœur » auxquels ils répondent par un sourire hypocrite ou par un « Ah ! »

La semaine suivante, elle vient à la boutique. Elle éprouve le besoin de parler, de se confier à quelqu'un qui l'aime. Je suggère que nous nous installions dans la réserve où nous passerons l'après-midi. J'y ferai apporter thé et croissants. Ces confidences nous ramènent toutes deux des années en arrière, peu après son mariage. Un mot suffit pour que je me souvienne du secret qu'elle m'avait fait jurer de ne jamais divulguer, un serment auquel je n'ai pas failli. D'autant qu'elle m'en avait confié l'existence mais pas la teneur exacte.

Après la naissance de Lisa, les rapports, déjà difficiles, entre Ariane et sa mère se dégradèrent. Anne-Françoise lui reprochait de ne pas être à la hauteur de son rôle de mère et d'épouse. Au cours d'une dispute violente, Anne-Françoise lança à sa fille : « Tu es une folle ! » (un temps d'arrêt), « Tu finiras comme elle ! » Elle en avait trop dit et en même temps, pas assez… Après le récit qui va suivre, mon amie vécut, cachant au plus profond d'elle-même, la terrible peur, celle de la possible hérédité des désordres psychologiques. Il ne fallait pas que Étienne sache. Pire encore, qu'il partage les faits avec sa famille qui la juge déjà si mal ! Qu''ils puissent un jour se poser des questions sur sa santé mentale. Ce secret qui la rongeait, elle n'aurait pu y survivre s'il n'avait pas été au centre des sujets développés lors de ses nombreuses thérapies. S'en suit un long monologue. En mode récitation, d'une voix éteinte. J'ai encore en mémoire le visage tourmenté de mon amie. Est-ce à moi qu'elle l'adresse ou à elle-même ? Elle est un personnage parmi les autres dans cette histoire horrible que je rapporte ici le plus fidèlement possible.

« Face à sa fille, acculée de questions, comme elle le ferait à la suite d'une garde à vue épuisante, Anne-Françoise « passe aux aveux ». A la naissance d'Ariane, elle choisit comme marraine sa belle-sœur, Marie-Jeanne, son aînée de cinq ans. Celle-ci est aux anges. Physiquement très proche de Louis, leurs personnalités divergent nettement ! Deux êtres dissemblables. Le tempérament d'artiste de Marie-Jeanne indispose son frère. Mariée à l'âge de dix-neuf ans, enceinte d'un garçon, le deuxième naîtra deux ans plus tard alors qu'elle entamait un traitement contre la stérilité ! Malgré ses insistances, son époux refusera toute discussion sur la venue d'un troisième enfant. Pendant longtemps, elle exprimera des regrets. Elle a toujours rêvé d'avoir une fille. Elle reportera sur Ariane l'amour qu'elle aurait pu donner à sa propre enfant. La petite est très attirée par cette jeune femme qu'elle prend pour une seconde maman (Selon moi, probablement plus câline et indulgente que la première !). Marie-Jeanne est une personne fragile. A l'adolescence, elle a connu une première dépression, qu'elle a surmontée grâce à un traitement médicamenteux et quelques séances chez un psychologue. Par la suite, hélas, fragilisée au moindre ennui, elle rechute. Ainsi, après le stress de ses noces, après la naissance de son premier enfant, avec les difficultés d'être enceinte à nouveau, après la naissance du second... Elle dut même faire un court séjour en clinique spécialisée qu'il était interdit d'évoquer. Un jour, elle avait confié à Anne-Françoise être confrontée à des problèmes conjugaux. Délaissée par son époux, elle le soupçonnait d'avoir une relation amoureuse. Charles niait mais reconnaissait ne plus éprouver de sentiments amoureux à son égard. D'ailleurs, ils faisaient chambre à part depuis longtemps. C'est elle qui l'avait proposé, en raison de ses ennuis de santé assortis d'insomnies féroces qui l'anéantissaient et troublaient le sommeil de son époux. Cependant Charles s'accommodait de la situation et refusait de remettre en question la famille qu'il formait avec leurs deux fils. Marie-

Jeanne se sentait seule et épuisée. Au bord du précipice avait-elle dit. Du déjà entendu pour Anne-Françoise qui ne s'inquiéta pas.

Depuis plusieurs années, dès la mi-juin, ils partaient quinze jours à la montagne. Père et fils étaient adeptes de randonnées comportant de petites ascensions, sans aucun risque selon Charles. Marie-Jeanne, elle, demeurait au chalet. Elle lisait sur la terrasse, contemplait le superbe paysage, promenait leur chien qui faisait partie du voyage. L'année des cinq ans d'Ariane, Marie-Jeanne, mal remise de la broncho-pneumonie qu'elle avait contractée à la fin de l'hiver, avait exprimé l'envie de demeurer seule à la maison afin de se reposer. Ce qu'elle fit en leur absence, tous voulurent croire qu'elle ne l'avait pas programmé, mais que ce fut dicté par un coup de déprime intense. Gavée de médicaments, elle s'enferma dans une malle du grenier, lequel n'était accessible que par un escalier qui se dépliait lorsque l'on soulevait une trappe. Le jour de leur retour de vacances, père et fils ne furent pas surpris de son absence. Elle devait être sortie faire des courses ou rendre visite à une amie. La femme de ménage, elle-même en vacances, était venue la veille pour tout mettre en ordre et nettoyer la villa. Elle avait rien remarqué d'anormal. Pas grand-chose dans le frigo, mais « madame » mangeait peu, les poubelles n'étaient pas donc pas pleines, elle les avait cependant sorties pour le ramassage. Le lendemain, et les jours suivants, Charles téléphona à la famille, puis aux ami(e)s et enfin il se rendit au commissariat. Adulte, elle avait le droit de « disparaître » sans laisser d'adresse ! Charles fit valoir l'état dépressif de son épouse. A l'appui, les nombreuses ordonnances à son nom d'antidépresseurs et de somnifères, des médicaments dont les effets secondaires sont bien connus... Puis, il y avaient ces lettres du psychiatre au médecin traitant révélant les troubles dont souffrait la patiente et les traitements prescrits, lettres dont le médecin et ami intime, lui-même très inquiet, dévoila une partie du contenu à la police. Après plusieurs jours, tout le monde était perplexe, cherchait-on une femme malade et égarée ou une morte ? Sa voiture était dans le garage, elle était donc partie à pieds. Impossible de trouver dans le voisinage, un témoignage qui permettait de dater sa dernière sortie ou son départ. Aucun des trois hommes n'était capable de dire si des effets personnels : vêtements, sacs, chaussures manquaient. Elle en avait tellement, justifiaient-ils ! Par contre, ils étaient « presque » sûrs que toutes les valises et les sacs de voyage de la famille étaient là. C'est la femme de ménage qui mit la famille sur la voie. Lors d'un nettoyage approfondi de l'étage, elle remarqua, en faisant la chasse aux éventuelles toiles d'araignée, que la trappe n'était pas complètement fermée. Elle l'ouvrit, s'arrêta à l'entrée du grenier, jeta un regard circulaire sur la multitude d'objets anciens et récents mais devenus inutiles qu'on ne lui avait jamais demandé de ranger. Elle ressentit un sentiment bizarre et referma aussitôt la trappe. Elle laissa un mot à

l'intention de Charles concernant la trappe. Les jeunes gens rentrés les premiers lurent le mot et décidèrent de fouiller le grenier à la recherche d'un indice, lequel ? Ils ne savaient pas. Ils découvrirent leur mère dans une espèce de vieille malle, vêtue d'une combinaison de soie, du peignoir, assorti, escarpins aux pieds, recroquevillée en position fœtale. Auraient-ils songé à ouvrir le coffre s'ils n'avaient pas senti une étrange odeur s'en échapper ? Comment imaginer que leur mère eut l'idée de s'enfermer ainsi vêtue, dans un contenant exigu, inconfortable ? La décomposition avait commencé. Choqués, ils attendirent le retour de leur père. Charles alerta la police. Très vite mise au courant, Anne-Françoise ne vit pas le cadavre de sa belle-sœur emmené à des fins d'autopsie. Marie-Jeanne fut enterrée dans le caveau de la famille de Charles, flamand d'origine. Père et fils quittèrent la villa, dans l'urgence et de manière définitive. La villa que les parents de Colette ont occupée pendant quelques années. Charles choisit de se rapprocher de sa famille et n'eut plus aucun contact ni avec son beau-frère ni avec ses beaux-parents qu'il tenait en partie responsables de l'état mental de son épouse.
Ariane effondrée par ses révélations, qu'elle avait mis plusieurs heures à obtenir, dont elle avait pourtant exigé chaque détail, commença à se tourmenter. Elle se reprochait d'avoir pu oublier l'existence même de sa marraine et les liens de tendresse qui les unissaient. Elle fouilla dans ses souvenirs de gamine. Au prix de plusieurs jours et de nuits d'effort, parmi ses rêves d'enfant, un lui

revient enfin à l'esprit, un rêve pourtant récurrent. Comment avait-elle pu oublier un visage aimant se penchant sur le sien, le visage d'une jeune femme, aux contours flous, qu'elle prenait pour sa mère qui lui souriait enfin, le regard indulgent et qui l'enserraient de ses bras affectueux ? C'était sa marraine à laquelle elle était, disait-on, fort attachée. »

Le terrible secret révélé, Ariane poursuit son récit avec une émotion moins intense. Elle voulut en savoir plus sur Marie-Jeanne et écrivit à ses cousins, malgré l'interdiction de sa mère ! Elle ne reçut que quelques mots. Ils décrivaient sa marraine comme une personne douce, aimante mais fragile, trop fragile. Elle versait régulièrement des dons à plusieurs œuvres caritatives et faisait du bénévolat dans une association locale où l'on dispensait des soins médicaux gratuits aux femmes enceintes et à leur nouveau-né. Ils soulignaient son tempérament artistique qui la poussait à s'enfermer des heures entières. Jointe à la lettre, une photo d'amateur, en noir et blanc, ayant fait l'objet d'un agrandissement. Une photo enveloppée dans du papier de soie avant d'être glissée dans une enveloppe en carton dur, elle-même entourée d'une gaine de plastic. Elle me la présente comme un objet précieux et me la décrira longuement, bien que je l'aie sous les yeux. En bas, au fin marqueur, une légende : « Maman, peu avant sa mort, dans ce qu'elle appelait — son atelier —» Pendant de longs instants, le cœur battant, Ariane s'attache à chaque détail. Une femme de quarante ans à peine, debout un pinceau à la main (la main gauche – une gauchère, un détail qui échapperait à plus d'un, mais pas à Ariane qui trouve un premier indice), la tête tournée vers l'objectif, prend la pose. Elle sourit, la bouche fermée, malgré l'absence de couleurs, ses yeux accrochent le regard. Ariane a la sensation étrange de se retrouver dans cette femme. Les yeux sans nul doute ! Des yeux qu'elle fouille, quel message tentent-ils d'exprimer et que les trois hommes de sa vie n'ont pas vu ? Devant elle une toile sur un chevalet. L'a-t-elle commencée ? Terminée peut-être ? Ariane aimerait tant la voir ! La lettre ne dit rien à ce sujet. En arrière-plan, dans le coin gauche, une table basse, une vase rempli de fleurs, des fleurs du jardin ! Elle est persuadée d'avoir vu les mêmes dans le jardin lorsque nous habitions la villa. Et à côté, grâce à la loupe qu'elle utilise, Ariane peut lire, sur la boite, le nom du chocolatier ! Du chocolat noir, son préféré. Sur le mur, à droite, deux posters mis sous-verre.

Selon ses fils, Marie-Jeanne avait décoré l'atelier avec des sous-verres de personnalités qu'elle admirait. « Tu reconnais El Che ?» D'Ernesto Che Guevara, Ariane a ce même poster. Quant à la jeune femme de couleur avec une coiffure qui s'apparente à celle des Jackson Five, photographiée le poing levé, lors d'un meeting, il s'agit d' « Angela Davis ». Une recherche sur le web fut nécessaire. Elle comprend l'admiration de sa marraine pour la femme et obtient une confirmation sur les idéaux qu'elle partageait avec elle. Née en Alabama, elle fut professeur de philosophie à Berlin et à San Diego. Communiste, membre de Black Panthers, elle fut condamnée à mort, puis libérée. Elle milite toujours pour les droits de la personne. Il y aurait tellement à dire sur cette femme extraordinaire ! Elle était venue à Paris en 2005.

— Tu te rends compte, j'aurais pu la voir, l'entendre !

Peu avant sa mort, Marie-Jeanne avait accepté, ce qu'elle avait toujours refusé auparavant, exposer une partie de ses œuvres. Les ventes se feraient au profit d'une ASBL dont ils ne mentionnaient pas le nom. Ils terminaient en regrettant de ne pas avoir pu retrouver une photo où elles figuraient toutes les deux. Ils devaient obtenir l'autorisation de leur père pour accéder à d'éventuels autres souvenirs, tout en évoquant que bon nombre de choses avaient été détruites, dans un moment d'intense émotion, peu après l'enterrement. Ne recevant plus aucun courrier de leur part, elle leur écrivit une dernière lettre à laquelle ils ne répondirent pas. Elle ne chercha plus à les contacter ! Par respect pour leur chagrin ou par crainte d'en apprendre plus sur les troubles de sa marraine ? Elle ne le précise pas. La photo, Ariane la gardera dans son sac à main pendant plusieurs semaines, protégée par la gaine plastique, au risque de la perdre. Elle éprouvait le besoin de la sentir proche d'elle, à portée de main. Par la suite, elle la glissera à l'intérieur d'un coffret à bijoux, déposé sur sa table de chevet. Chaque soir, avant de s'endormir, elle l'examinera à la loupe, à la recherche d'un détail qui lui aurait échappé. La photo avait pris la place demeurée libre depuis la destruction de *Belle du Seigneur*. Elle ne la sortira de sa cachette qu'une seule fois, pour moi. Elle me la montre comme on offre un cadeau.

Les vacances de ses cinq ans sont celles de l'année qui précédait notre rencontre, celles durant lesquelles ses grands-parents étaient venus les rejoindre à la côte bien plus tôt que d'habitude. Elle n'avait pas remarqué la tristesse qui les habitait. Trop jeune sans doute. Ses parents partaient ensemble en voyage, lui avait-on expliqué. Le drame qu'elle venait de me raconter était la cause de leur soudain départ ! Une précision qui provoqua en elle un immense chagrin, un chagrin plus intense que celui qu'elle aurait pu ressentir à l'époque où la vérité aurait fait place à une fable à la mesure d'une enfant de son âge. Un chagrin, dont elle garde, non pas une cicatrice mais une plaie ouverte. Par la suite, elle évitera le sujet, mais je sais quand elle y pense. Un étrange nuage assombrit le reflet de ses grands yeux. Je suis blessée qu'elle ait pu me cacher ce drame affreux aussi longtemps et en même temps, je m'en veux d'éprouver un sentiment de reproche.

Redescendue dans la boutique, Ariane est incapable de se tenir debout, elle prend place sur une chaise cachée derrière la caisse en attendant que je puisse la raccompagner à son appartement. Nous restons un long moment silencieuses dans la voiture, en double file. Nous n'avons pas envie de nous quitter. Nous sommes décidées à renouer les liens très forts du passé, simplement distendus. Apaisée, elle me décrit sa vie actuelle, une vie monacale, sans les prières. Hypnotisée par cette physionomie étrange de sainte martyrisée, j'entends son souffle de voix dans le lointain. Ce sera la seule fois où elle fera allusion à des envies inassouvies, des rêves inachevés, auxquels, malheureusement je n'ai pas prêté une oreille suffisamment attentive pour m'en souvenir aujourd'hui. Peut-être n'ai-je non plus envie de les dévoiler ? Elle conclut avant de sortir de la voiture : « Je n'étais pas douée pour le bonheur. Enfin le bonheur tel que la plupart des gens le conçoive. »

Elle revint plusieurs fois au magasin, en fin de matinée ou en début d'après-midi. Puis ses visites se firent quotidiennes. J'avais trouvé dans la réserve un haut tabouret doté d'un dossier. Le siège manquait un peu de rembourrage, elle amena un joli cousin à motifs fleuris, qu'elle emportait chaque soir dans un sac en papier de la boutique. « Tu vois, je te fais de la publicité », dit-elle. Assise derrière le comptoir, on aurait pu la croire debout. La routine s'installe. J'attends son arrivée pour prendre ma pause-déjeuner. L'attrait de ses demi-journées à la boutique réside surtout dans nos apartés à la petite boulangerie bio située dans le prolongement de la rue. Elle devient « notre cantine ». Face à face, nous nous observons comme nous le faisions enfants à travers la haie. Nous avons grandi, nous ne jouons plus à cache-cache et les yeux d'Ariane non plus le même éclat. Mais nous nous aimons autant sinon plus. Nous éprouvons beaucoup de plaisir lors de ces moments passés ensemble. L'équilibre d'Ariane est semblable à celui d'un funambule débutant. Elle peut vaciller à tout instant. Nous avons conclu une sorte de pacte. Dans nos échanges, nous ne revenons pas sur des événements douloureux du passé, pas de sujets graves, pas non plus de conversations à bâtons rompus qui ne peuvent que la fatiguer. Des conversations dans le calme et la bonne humeur. Je veillerai à ne pas déroger à la règle. Notre but à toutes deux : nous sentir proches et partager des sujets légers, tels que le fonctionnement de la boutique, la saveur de notre déjeuner. Nous ressentons aussi le besoin de nous toucher. Le repas terminé, nous nous tenons parfois la main. Comme le font les amoureux, comme enfants, nous le faisions autrefois. Des clients peuvent se méprendre quant à la nature de nos relations ! Une idée qui nous amène à partager un sourire complice.

A la boutique, Ariane ne veut pas être une potiche. Les vendeuses prennent l'habitude de lui remettre les vêtements abandonnés par les clientes dans les cabines. Elle les plie avec soin, puis les range. Quand l'ambiance est calme, elle aime passer derrière la caisse. L'état de santé d'Ariane ne supporte pas l'agitation. A ma demande, le comptable établit un contrat mi-temps qui légitime sa présence et qui me permet de lui verser une modeste rémunération. Étienne pourvoie à ses besoins, mais toucher une rémunération, si petite soit-elle, la valorise à ses propres yeux. Après avoir signé son contrat, elle le plie soigneusement afin de le glisser dans son sac à main. Elle ressemble à une étudiante qui vient de recevoir le diplôme attestant sa réussite aux examens. J'ai prévu de porter un toast. Sous antidépresseurs (et médicaments divers), Ariane ne boit pas. Elle trempe à peine ses lèvres dans le verre. Les clientes de l'après-midi auront toutes droit à une petite flûte de champagne.

Ariane semble renaître. Elle aide à faire l'étalage. Elle aime associer les couleurs, ses choix sont de bon goût. A dix-huit heures, épuisée, elle guette le taxi qui vient la chercher pour la ramener à son appartement, situé à peine à quatre arrêts de bus de la boutique. Mais la voiture est le seul moyen de transport qui convient à son état. Elle me quitte sereine, au bras le sac en papier dans lequel j'ai glissé, une minuscule viennoiserie artisanale provenant de notre cantine. Pour elle, la journée se termine, la soirée sera courte. Hier, j'ai lui ai proposé un livre qui m'avait beaucoup plu. Elle l'a refusé. « A présent, je ne lis plus. Je ne peux me concentrer. Après deux ou trois pages, une énorme fatigue m'envahit. » Un ton neutre, elle me fait part d'une évidence, sans regret ni amertume. Quelques minutes chez sa voisine, une adorable mamie, afin de s'assurer que tout va bien, le jus de légumes prévu au menu du jour et la soirée est terminée. Ariane ne tardera pas à se coucher.

Je suis heureuse, heureuse de pouvoir contribuer à l'amélioration de son état, persuadée que si les liens qui nous reliaient l'une à l'autre ne s'étaient pas desserrés, mon amie n'aurait pas sombré dans un naufrage dont elle émerge peu à peu. Après plusieurs demandes insistantes, Anne-Françoise viendra au magasin, avec les enfants. De quoi Ariane était-elle le plus fière, de nous montrer ses enfants ou de prouver à ceux-ci et à sa mère qu'elle travaillait ? Aux yeux d'Anne-Françoise, ce qu'elle faisait à la boutique ne pouvait en rien justifier la séparation de la famille ! Comment ne pas lui donner raison ?

Le dernier vendredi, Ariane part à l'heure habituelle, fatiguée, certes, mais sereine. Dans le sac en papier, j'ai remarqué un bloc à dessin. Une découverte qui m'a réjouie. Je suis consciente que tout n'est pas gagné, mais nous sommes ensemble, main dans la main, sur le bon chemin. J'avais tort, j'ai pêché par excès d'optimisme ou par fatuité ? Plusieurs fois, je suis tentée, lorsqu'elle se dirige vers les toilettes, de feuilleter le bloc ou tout au moins de l'entrouvrir. J'ose enfin et je glisse la main pour découvrir qu'à côté du bloc, il y a une espèce de cahier, de grand agenda, à la couverture mordorée. Je ne vais pas plus loin dans mes investigations. Je le regretterai amèrement par la suite.

Lorsqu'un mois environ après les obsèques, Anne-Françoise me demande quel est le petit objet que j'aimerais recevoir en souvenir de mon amie. Touchée par la démarche, j'hésite longtemps. In fine, je demande le sac en papier de la boutique contenant le petit coussin. Je n'ose pas préciser davantage. (Quid du bloc ? De l'agenda?) Une envie me tenaille, que je n'oserai pas exprimer... la photo. Pour eux, c'est une photo qui aurait sa place dans l'album de famille (s'ils en avaient un!), pour Ariane c'était un objet de culte, pour moi elle a la valeur d'une relique. Elle paraît étonnée de ma requête. Quelques jours plus tard, Anne-Françoise viendra, en mon absence, déposer le sac à la boutique. Avec des gestes presque religieux, le cœur battant, les yeux humides, je vérifie son contenu. Le coussin et le bloc. Pas l'agenda ! Pas plus que le bloc, je ne l'avais pas mentionné, mais j'espérais le trouver. Je feuillette le bloc à la recherche d'un croquis. En vain ! Toutes les pages sont blanches, ou presque. Un fin trait au crayon au milieu de chacune d'entre elles. Un trait malhabile qui n'est pas le début d'un dessin. Un trait fait par un enfant qui a voulu aller jusqu'au bout du « cahier à dessiner » ? Je culpabiliserai longtemps, toute ma vie sans doute, de ne pas avoir péché par curiosité. Non Ariane n'avait pas repris l'activité qu'elle aimait depuis son enfance. Non, Ariane n'était pas sur la voie de la guérison.

Je réfute le portrait sévère que d'aucuns font d'elle. Non ma tendre amie n'était pas un être égoïste et superficiel. La longue thérapie, maintes fois interrompue, lui avait d'abord permis de mieux comprendre la personnalité de chacun de ses parents et de justifier, voire, de pardonner leurs comportements. Les blessures de sa mère qui tint bon malgré l'opposition de ses parents à son mariage (fallait-il qu'elle aime cet homme qui lui manifestait si peu d'attention — en tout cas devant Ariane), qui connut la perte effroyable d'un enfant (l'aînée dont on ne parlait jamais), une mort qui condamnait Ariane au statut de fille unique et, comme si le sort n'avait pas été assez cruel, la dramatique disparition de sa belle-sœur Marie-Jeanne avec un sentiment de culpabilité injuste suscité par l'attitude de l'époux et des enfants, et enfin la dégradation de l'état mental et physique de ses parents. Que d'efforts pour garder avec ses géniteurs, des liens difficiles, fragiles, tenus et ce jusqu'à leur disparition qui faisait d'Anne-Françoise une orpheline.

Quant à son père qu'Ariane craignait enfant et auquel, adulte, elle n'osa jamais réagir à l'une de ses provocations. Il ne lui a pas laissé la moindre occasion de faire une brèche, si petite soit-elle, dans le mur qui les séparait. Toute sa vie, il l'a méprisée. Un arrêt brutal du cœur l'a privée de réponses aux questions qu'elle se posait encore aujourd'hui. Un Ardennais, un homme au caractère fort, fils unique, infidèle. Quelle place l'autre femme occupait-elle dans sa vie ? L'aimait-il ? Se culpabilisait-il ? Les explications de son thérapeute n'avaient pas complètement convaincu Ariane. Ses grands-parents, eux-mêmes ardennais de souche lui avaient, pourtant, manifesté tant d'attention, de tendresse et d'amour. Des grands-parents comment beaucoup d'enfants auraient aimé en avoir. Il n'est pas rare que des parents élèvent leurs enfants avec une extrême sévérité et aient toutes les indulgences avec leurs petits-enfants. Inconsciemment, ils « se rachètent ». « Ils ont été bien meilleurs en tant que grands-parents que dans leur rôle de parents. » Une réflexion assez banale.

Comme si cela ne suffisait pas, les révélations tardives sur l'état de santé et la mort d'une marraine dont Ariane n'avait plus aucun souvenir de l'existence et la peur engendrée par une éventuelle hérédité Comment peut-on lui reprocher d'avoir cherché une écoute attentive et éclairée auprès de spécialistes du monde médical ?

J'espère que je verrai encore les enfants en compagnie d'Anne-Françoise ou d'Étienne. Je ne peux revendiquer des visites qu'au seul titre d'amie. Je ne peux avancer aucune autre légitimité. Jérôme avait été baptisé peu avant sa préparation à la « première communion ». Rien n'avait été prévu, Anne-Françoise fit office de marraine. Je l'appris plus tard. Quant à Lisa, après une dispute avec la belle-famille, Ariane s'opposa au baptême. Elle m'avait choisie comme marraine, un rôle que

Catherine revendiqua lors du choix de la date. Être marraine m'aurait, certes, fait plaisir, mais ne pouvait en rien augmenter l'amour que j'éprouvais pour la petite. Si ni Étienne ni Anne-Françoise ne se manifestent, je patienterai quelques mois ! Car, bien que l'on ne puisse m'imputer aucune responsabilité, toute démarche précipitée de ma part pourrait être considérée comme indécente. Les enfants me manquent, quand bien même je les ai peu vus les derniers temps. Je ne peux concevoir de ne plus les revoir. Ce sont les enfants qu'Ariane a mis au monde. Même s'ils ne vivaient plus ensemble, même s'ils se voyaient peu, même s'ils vont de toute façon enfouir lentement le souvenir de leur mère, aidés en cela par leur entourage, ils ont en eux, une part de celle-ci, les gènes de mon amie, ma sœur, des gènes qu'ils transmettront à leurs propres enfants. Tant que je vivrai, j'aimerai être celle qui les empêchera de tout oublier.

X.

E L I S A B E T H

La voisine de palier d'Ariane, veuve, 85 ans. Témoignage
spontané.

— C'est affreux ! Quelle tristesse ! Une si gentille
personne. Une jeune femme, mère de deux
enfants ! Les pauvres, je n'ose pas y penser ! Un
choc terrible, difficile à supporter par une personne
de mon âge, d'autant que je souffre de problèmes
cardiaques comme beaucoup de personnes âgées.
Je m'en souviens comme si c'était hier ! J'ai voulu
répondre de mon mieux à toutes les questions que
l'on me posait. C'était trop, j'ai eu un malaise. Le
médecin appelé d'urgence m'a fait une piqûre de
calmant. Après je n'arrêtais pas de pleurer. Je

l'aimais beaucoup ma « petite voisine », c'est ainsi que je l'appelais. Une si gentille personne ! Encore maintenant, quand j'y pense, j'ai les larmes qui me viennent aux yeux.

Cela fait vingt-cinq ans que j'habite ici. Quand Georges mon mari a pris sa retraite, il avait soixante-cinq ans. Il a choisi de revenir vivre en ville. Cela n'a pas été facile de quitter notre maison. Une belle maison de deux étages, avec un grand jardin. Le quartier était calme, enfin, un peu moins les dernières années. Partout la même chose, les gens deviennent de plus en plus bruyants, sans s'en rendre vraiment compte. Les enfants partis, la maison était trop grande pour nous deux. La chauffer, l'entretenir et puis il y avait le jardin. Georges disait souvent que nous avions « un éléphant sur le dos ». Il voulait, ce sont encore ses mots : « une retraite paisible ». Plus d'escaliers à monter ou à descendre, plus de jardin où la végétation n'arrête pas de pousser, il faut dire qu'il pleut beaucoup ici, et puis limiter l'usage de la voiture, « avoir tout à portée de mains ». A cette époque déjà, il se plaignait souvent de se sentir fatigué. Deux ou trois ans auparavant, il avait eu un petit problème cardiaque. Il prenait beaucoup de médicaments. Ce n'était plus mon Georges. Je pensais que cela ne durerait pas qu'il retrouverait son énergie. Il se relevait d'une mauvaise grippe et à nos âges, il a cinq ans de plus que moi, on récupère plus difficilement. Nous ignorions que « le crabe », comme on dit maintenant (c'est « ma petite voisine » qui m'a appris ça), était déjà en lui !

L'appartement, Georges l'a choisi sur plan. Le dernier étage, car il ne voulait personne au-dessus de sa tête ! Il n'aurait pas supporté le bruit des pas. Avant de signer, il avait vérifié ce que l'on disait sur l'isolation du toit en plate-forme. Il craignait d'avoir trop chaud en été et, par contre, de devoir trop chauffer en hiver. Se chauffer coûte cher. Il était ingénieur, vous savez ! Il aurait pu travailler dans l'industrie et bien mieux gagner sa vie, mais il a choisi la sécurité. Les fonctionnaires sont moins bien payés, mais ils ont une vie plus régulière. Moi j'ai dû arrêter l'école à la mort de ma mère, pour m'occuper de mon père et de mon petit frère. A notre mariage, je savais tenir un ménage, pas comme beaucoup de jeunes filles d'aujourd'hui. Georges trouvait que deux appartements par étage, c'était ce qu'il fallait et il espérait que les occupants de l'appartement d'en face seraient des gens calmes. J'avais un peu peur au début que cela ne soit pas facile pour lui de vivre dans à un building en plein centre, après avoir passé autant d'années dans une maison avec jardin, à l'extérieur de la ville. Il m'a étonnée, il s'est très vite habitué. Comme moi, il venait de la ville. Moi j'ai longtemps regretté le jardin, mon potager, bien qu'arracher les mauvaises herbes me donnait de plus en plus mal au dos !

Nous étions heureux avant que l'état de santé de Georges ne se dégrade. Ses journées étaient bien réglées. Le matin, il allait lire les journaux dans un petit café sympathique, pas bien loin. En fonction du temps, à la terrasse en été, à l'intérieur en hiver. Ils étaient plusieurs retraités à se retrouver ainsi et à commenter l'actualité autour d'un café. Il revenait par le parc longeant le boulevard, en face de chez nous. A la librairie il prenait son journal, « Le Monde », qu'il avait pris l'habitude de lire au bureau. Moi, j'aime bien lire « La Meuse », pour les nouvelles locales. Il n'oubliait jamais nos magazines préférés, à lui et à moi ni la baguette. Il ne pouvait mal d'oublier sa baguette ! Il a des origines françaises, vous savez. Et puis bien sûr « une petite douceur[7] pour quatre heures ». Il rentrait lentement, il prenait l'air. Il était toujours à l'appartement à midi et demi, l'heure de l'apéritif que nous prenions devant la télévision. Je profitais de sa sieste pour aller faire quelques courses. Aux amis il disait : tous les après-midis, mon épouse part « en vadrouille » !

J'aimais ces petites expressions avec lesquelles il me taquinait. Nous étions heureux. (*De l'index elle essuie une larme qui coule sur sa joue.*)

Le dimanche, nous avions la visite de nos garçons avec les petits-enfants. Branle-bas de combat, les courses, le repas, la table, puis la vaisselle,

---

7   En liégeois, douceur se met au singulier, il équivaut à pâtisserie.

ranger... Préparer à dîner pour autant de personnes, cela devenait trop fatigant, alors nous avons changé les habitudes. Nous les recevions l'après-midi avec quelques bonnes tartes. Puis ils ont espacé leurs visites. Les dernières années de notre vie à deux, je l'ai soigné du mieux que j'ai pu, il souffrait beaucoup. Une infirmière venait chaque jour, pour ses piqûres, sa toilette. Nous avions installé un lit médicalisé au milieu du living. Il pouvait voir le parc par la fenêtre et au loin la Meuse. Il regardait encore un peu la télévision, même s'il s'endormait souvent. Il aimait beaucoup les émissions scientifiques. Il était ingénieur vous savez ! (*Elle l'a déjà dit, mais je ne veux pas la perturber!*)

Le soir, j'ouvrais le canapé pour dormir près de lui. J'aurais voulu le garder plus longtemps ! A sa mort, le médecin m'a conseillé d'acheter un animal pour avoir de la compagnie. Et puis, un animal, vous êtes obligé de le sortir. D'autant plus que les visites des enfants et petits-enfants étaient de plus en plus rares. Je ne leur en voulais pas, ils avaient d'autres choses à faire. C'est comme ça que j'ai eu Bobby, un petit caniche, si gentil ! Je l'ai enfermé dans la chambre car il saute toujours sur les étrangers, pour les lécher, pas pour les mordre. Tout le monde n'aime pas ça.

L'arrivée d'Ariane a été une vraie bénédiction pour moi. Au début, je l'ai appréciée parce qu'elle ne faisait pas de bruit. Puis très vite, nous sommes devenues proches. Enfin, une voisine gentille qui prenait de mes nouvelles et se souciait de ma santé. J'étais une grand-mère de substitution, elle était la petite-fille que je n'ai pas eue. Mes garçons ont eu des garçons. Il faut croire que l'on ne sait faire que cela dans la famille (*elle sourit comme si elle venait de faire une bonne blague*) ! Ariane vivait seule. Je n'ai pas trop posé de questions à ce sujet. Sa santé n'était pas brillante et elle n'avait pas l'air très heureuse. On voyait à sa figure qu'elle n'avait pas eu une vie facile. Dans le building les occupants la disaient renfermée, ne souriant jamais. Il y a des personnes comme cela qui ne sourient pas beaucoup. Il y en a d'autres qui rient tout le temps, sans raison, juste comme ça. Pourtant, avec moi en tout cas, elle était toujours très agréable. Quand je n'étais pas bien, elle me rendait des petits services, elle relevait ma boîte aux lettres, ramenait mes médicaments de la pharmacie, elle a même promené Bobby quand j'étais grippée. Il est vieux, il fait ses besoins et puis il tire sur sa laisse pour rentrer. C'est la seule personne avec laquelle il voulait bien sortir. Même mes fils n'y sont jamais arrivés. Il est vrai qu'il ne les reconnaissait pas, alors que « ma petite voisine », il la voyait tous les jours. Dès que j'entendais le bruit de sa porte, j'entrebâillais la mienne, même si ce n'était que pour échanger un petit bonjour.

Je ne suis jamais rentrée chez elle. C'était toujours elle qui venait chez moi. Je sais qu'elle dormait beaucoup. C'était une artiste vous savez. Elle m'a apporté des dessins, des portraits au crayon, de sa famille, d'amies, quelques paysages. Elle a toujours dit qu'elle ferait le mien. Et puis... Par contre, j'en ai un de Bobby. Il est accroché au mur. Je l'ai fait encadrer. Faites-moi penser à vous le montrer, avant de partir. Elle a recommencé à travailler, elle passait alors chez moi le matin, (enfin il était bien onze heures-midi) pour voir comment je me sentais et boire son café. Noir avec deux faux sucres (j'en ai acheté exprès pour elle) ! Moi, je ne bois plus de café depuis longtemps, cela me rendait trop nerveuse, j'ai trop de tension. Au moment de partir, elle m'embrassait et elle me disait : « Au revoir ma mémé.» (*A cet instant une larme perle au coin de ses yeux qu'elle essuie avec un grand mouchoir à carreaux, un mouchoir d'homme. Elle a vu mon regard.*) Il appartenait à mon père, j'en ai plusieurs. Ils sont bien pratiques quand je suis enrhumée. Elle était toujours bien habillée ma petite voisine. Je l'ai déjà dit, c'était une jolie femme. (*Elle s'arrête une fois de plus pour se moucher.*) Ces derniers temps, elle semblait plus heureuse, contente d'avoir retrouvé son amie et avec elle, une occupation. Je n'aurais jamais imaginé ! (*Et elle se remet à pleurer.*) J'ai entendu un léger bruit, Bobby n'a pas aboyé. J'allais fermer la porte de la terrasse, je venais d'arroser mes plantes qui sont juste à l'entrée, car j'ai souvent des vertiges, puis j'ai entendu un petit cri, c'est tout. (*De la main elle m'indique qu'elle ne parlera plus.*)

XI.

BELLE et le NARRATEUR

Que de fois n'ai-je entendu : « Le suicide ? Ceux qui en parlent beaucoup ne passent pas à l'acte ! » D'après ce que je sais, Belle n'a jamais évoqué une semblable intention, même en référence au suicide de sa marraine. Pour écrire ce qui suit, à la première personne, j'ai imaginé ce que pouvaient contenir quelques pages arrachées du journal intime d'Ariane. Des pages chiffonnées, incomplètes, ce qui explique les pointillés. Et si j'avais pu les avoir en main, ne serait-ce que quelques instants ? Considérons que les paragraphes qui suivent ont été écrits à quatre mains...

Les lettres et les mots s'enchaînent. Ma main gauche glisse sur la feuille lisse et douce avec un plaisir supérieur à celui que j'ai savouré par avance, un plaisir quasi charnel. J'ai complété la page de garde avec les renseignements habituels : nom, prénom, adresse postale, adresse mail, numéro de GSM... Comme accroché tout en haut de la page, une touche personnelle, un petit cadre. A l'intérieur, sur une digue face à la mer, la silhouette, de dos, d'une femme, les cheveux au vent. Le dessin a exigé de moi des heures de travail, des heures d'un épuisement heureux. J'ai apporté un soin particulier au choix des couleurs. Le résultat est réussi. Satisfaite, je referme mon journal. Provisoirement du moins.

...

Stimulée par mes retrouvailles avec Colette, j'éprouve l'envie de dessiner, une envie perdue depuis longtemps. De bon augure ! Un de ces détails qui accumulés sont susceptibles de me donner le courage d'intensifier ma vie. C'est en cherchant un bloc à dessin, que j'ai eu un véritable coup de cœur pour ce que j'ai d'abord confondu avec un agenda. Hypnotisée, je ne pouvais quitter des yeux la couverture brochée et mordorée. La main tremblante, je la soulève du bout des doigts, telle la couverture d'un livre rare. Entrouvert, ce qui est en fait un journal intime, dévoile un papier style vélin, finement ligné, une merveille ! Avec la même délicatesse, je le referme. Le minuscule cadenas et sa clé confirment son usage. Bien que j'aie depuis longtemps dépassé l'âge de l'adolescence, je m'offre ce qui me plaît tant. Quant à son contenu, je verrai plus tard. Remplir ces feuilles au gré de mes envies, j'en frémis d'avance.

...

J'ai à nouveau un livre de chevet, mon journal intime. Il a pris la place demeurée libre par Belle du Seigneur, je n'y ai plus rien inscrit. Chaque soir, je caresse la couverture, je l'ouvre, je contemple longuement la page de garde et puis je le referme avec précaution. Le matin, au réveil, je tends la main pour m'assurer qu'il est toujours à sa place.

...

J'ai franchi un cap. Ces quelques semaines passées à la boutique me font entrevoir pour la première fois, dans ce tunnel sans fin dans lequel j'avance depuis des mois, un léger halo, comme une lueur d'espoir, l'éventualité d'une issue, le présage de jours meilleurs...

Depuis des mois, au bord de l'épuisement, je lutte contre un ennemi invisible qui, peu à peu, prend possession de mon corps et de mon esprit. Il anéantit mes muscles, altère mes pensées, me discrédite aux yeux de tous. Dès que j'ouvre les yeux, dès que je pose un pied par terre, je le sens en moi, aux aguets, qui s'éveille. Cette chose ou plutôt ce monstre qui s'agrippe à moi dès le lever et ne me lâche qu'au coucher, je le porte toute la journée, connecté à tous mes organes, profitant de tous mes sens. Il évolue à mon rythme, sans moi il n'est rien, je suis sa source d'énergie, il n'a aucune autonomie. Ma crainte : que le monstre se concentre sur l'appropriation complète de mon cerveau. C'est la raison pour laquelle je ne peux me passer de ces pilules. Malgré ou grâce à elles (?) je vis au jour au le jour. Qui, en dehors de mon psychothérapeute (que je ne consulte plus que de manière sporadique) pourrait comprendre ce que j'endure. Le monstre croit être sur le point de gagner la partie. Je vais rassembler mes forces et reprendre le combat. Je m'en sortirai, je ne sombrerai pas.

...

Les rumeurs malveillantes à mon égard. Nul besoin de les entendre, je les devine.

...

Mes enfants me manquent. Ils mènent une vie heureuse entourés de leur père et de leur grand-mère. Anne-Françoise — j'ai choisi depuis peu de renoncer au mot « maman » — assume à merveille son rôle de grand-mère. Aucun reproche ne peut lui être adressé, elle est PARFAITE. Enfant je n'ai pas reçu une once de la tendresse dont elle entoure Lisa. La petite est très jolie. Tout le monde s'accorde à dire qu'elle me ressemble beaucoup. Ses cheveux sont plus beaux que les miens au même âge, ils n'ont pas la teinte « blond sale » qui me complexait. Ils sont d'un châtain clair lumineux, éclatant. Oui j'aime mes enfants, mais que pourrais-je leur apporter qu'ils n'ont déjà ? L'amour *d'une mère ? Il leur est acquis. Moi je ne l'avais pas. Sa présence ? Moi je l'avais et je l'aurais volontiers échangée contre un peu d'amour. Je ne trouve pas de qualificatif pour préciser le plaisir que j'ai à entendre leur voix au téléphone. Le comparer à des faits, peut-être ? A une scène, oui. Alors, à ce moment où petite, assise sur un banc, bien serrée entre mes grands-parents, je contemplais une dernière fois la mer, avant qu'ils ne m'emmènent dans leurs Ardennes natales.*

Malgré l'amour que je porte à Jérôme et Lisa, il m'est impossible de mettre en place des contacts réguliers avec eux, je serais incapable de les honorer. Ce sera pour plus tard. Peut-être... Reformer un jour une cellule familiale ? Je ne peux pour l'instant me fixer d'objectif, n'étant pas convaincue d'en éprouver l'envie ! Par contre, ce dont je ne doute pas : je ne reformerai jamais un couple avec Étienne. Notre mariage était une erreur. Nous le savons. Je ne l'ai jamais aimé d'amour. Lui m'aimait. Il ne m'aime plus.

...

Seuls deux hommes ont compté dans ma vie. Un que j'ai aimé d'un amour passionné. Une passion unilatérale, un amour impossible.

Étienne, lui, était heureux du bonheur qu'il me procurait. J'aurais aimé qu'il exige quelque chose de moi en retour. Si je m'en réfère aux cinq niveaux de besoin de Maslow, je dirai que Étienne satisfaisait mon besoin de sécurité mais pas mon besoin de me réaliser.

...

La rédaction de ce qui précède, a nécessité plusieurs jours et un courage énorme. D'abord oser l'avouer, ensuite mettre au point l'exacte formulation avant de l'écrire. La honte m'empêchera de l'exprimer à haute voix.

...

Colette est heureuse. Je n'en éprouve aucune jalousie. Le compagnon qu'elle rejoint chaque soir, elle me l'a présenté. Grand, beau, sympathique, il dégage à la fois douceur et énergie. Il ressemble beaucoup à Eric. Que pense-t-il de moi ? Craint-il que je puisse être une rivale ? Que je sois capable de mettre en danger son couple ? Colette m'assure du contraire. Il n'est pas d'un naturel jaloux. C'est un être équilibré, ouvert, il ne juge personne. Il apprécie les parents de Colette et c'est réciproque. Je suis mal à l'aise en sa présence. Il parle de leurs prochaines vacances d'hiver au soleil. Il me demande si j'ai des projets ? Ne voit-il pas ou feint-il de ne pas voir les signaux que lui envoie Colette ? Elle ne lui a pas caché le timing de mes journées. Il insiste.

— Tu aimes dessiner. Bouger fournit de nouvelles sources d'inspiration aux artistes.

Je perçois une touche de flatterie dans le mot artiste, terme excessif à mon propos. Mon amie, au fait de mon état physique et mental, vient à mon secours. Elle veut m'éviter de devoir me mettre « à nu » devant celui qui est pour moi un étranger. Lui expliquer que je suis un animal au mode de vie

sédentaire, à l'horaire très précis midi/six heures ?
Je n'en sortirai pas indemne.

— Ma chérie, nous partons la deuxième semaine
des vacances. Nous serons rentrés pour les fêtes de
Noël. Nous les passerons ensemble. Cela nous
ramènera au bon vieux temps. Tu te souviens
comme moi de nos vacances de Noël d'autrefois,
n'est-ce pas ? Et puis avant un jour important à
fêter : notre anniversaire !

...

A présent, je suis inscrite sur la liste officielle du
personnel. Colette, dans le souci de me valoriser,
me charge de veiller sur la boutique pendant son
absence d'un jour.

— Demain, Charlène fera l'ouverture et toi ma
chérie, tu feras la fermeture. Préviens ton taximan
de venir te chercher dix minutes plus tard. De
retour à l'appartement, complètement épuisée, j'ai
du mal à trouver le sommeil, malgré mes
somnifères. Accoutumance !

Le lendemain, durant notre déjeuner en tête-à-tête,
mon amie s'émeut de ma mauvaise mine.

— Tu es fatiguée. C'est ma faute ! Je t'en demande
trop. Terminé, je vais te chouchouter.

Nous nous embrassons avec la ferveur d'antan,
celle de notre enfance, de notre adolescence, de
nos débuts de vie de femmes.

...

Pendant que j'allais aux toilettes, elle a glissé la
main dans mon sac en papier. Intriguée sans doute
par le fait qu'il était plus épais que d'ordinaire. L'a-
t-elle fouillé et découvert son contenu ? Un bloc à

dessin aux feuilles vierges et un journal intime fermé à clé ne lui auraient rien appris au-delà de ce que je lui avais confié. Lorsque je la rejoins, ses joues sont roses et ses yeux expriment du contentement.

— J'ai toujours su qu'un jour tu te déciderais à écrire un livre !

Elle a tout faux. Je sais à présent le véritable usage auquel je destine le journal. Je compte mettre, une fois pour toutes, un terme à mes états d'âme.

...

Première page, en son milieu, je recopie de mémoire deux phrases de Jean d'Ormesson. J'aime la manière unique dont il parle de la mort, avec naturel, légèreté et sérieux.

« La vie est faite de moments et la mort est un de ceux-là. » et en-dessous, « La mort est l'autre nom de la vie. »

Les pages suivantes, je vais les consacrer à la préparation de mon suicide. Préparer son suicide requiert de la méthode. « Défenestration » est-ce bien le terme adéquat pour exprimer ce que je projette? Je n'en connais pas d'autre. Je m'élancerai du balcon, il suffit que j'enjambe la balustrade. Le choix du mode, je l'ai résolu posément en une après-midi, un dimanche mon jour de repos. Je n'habite pas loin de la gare, mais je ne m'y rendrai pas pour me jeter sous un train, bien que je respecte le choix d'Anna. Mélodramatique, trop de spectateurs. Le gaz ? Hors de question d'endommager le bâtiment, sans parler du risque pour les habitants ! Une arme à feu comme Hemingway et

Romain Gary ? Tentant, mais plein d'obstacles. S'en procurer une, auprès de qui ? Laquelle ? Apprendre à s'en servir, trop long. De plus, maladroite, je cours le risque d'être transformée en personne handicapée. Les médicaments, un classique. Ma pharmacie en est pleine. Ils servent à guérir ou tout au moins à améliorer le quotidien. J'en ingurgite tellement ! Eh oui, j'en suis consciente même si, selon ma mère et Catherine (qui a appris grâce à elle un mot nouveau), je les confondrais avec les « chiques »[8] dont raffolent les enfants. Même en avalant mon stock entier, cela demeure une méthode peu sûre ! On est loin de la ciguë ingurgitée par Socrate. Ma chère marraine le savait, d'où les précautions prises que d'aucuns ont osé appeler une mise en scène. Non le plus dur en matière de suicide n'est pas de le décider mais bien de le préparer avec minutie. Depuis deux semaines, j'y pense un peu chaque jour. Il y a tant de détails pratiques à mettre au point. A l'égal de la phrase maintes fois entendues et que je trouve stupide : « Je n'ai pas réussi mon mariage, mais j'ai réussi mon divorce. », je veux écrire : « Je n'ai pas réussi ma vie, mais je vais faire en sorte que mon suicide soit parfait. » Une préparation qui exige rigueur et lucidité!

...

J'ai longtemps hésité entre croire en la réincarnation ou en la vie éternelle. Mon choix s'est porté de manière définitive sur cette dernière. La

---

8   Terme liégeois pour désigner les bonbons.

vie éternelle proposée par Dieu ne peut être qu'une vie meilleure.

Alors que rien ne nous assure que les vies ultérieures seront meilleures, que nous soyons un chat, une vache, un homard, même à nouveau un être humain.
Le paradis, je l'imagine comme le jardin d'éden.
La vie au paradis, même si elle est précédée d'un passage expiateur par le purgatoire, ne peut être qu'une vie de rêve.
Dieu n'étant que miséricorde, il ne peut avoir inventé « l'enfer ».
L'enfer est une invention des hommes pour effrayer, manipuler leur congénères. Au mieux, les empêcher de se livrer aux pires exactions sur leurs semblables et sur les animaux.
...
Tout consigner dans mon journal intime que je rangerai de telle sorte que la femme de ménage ne le voit pas. Il est préférable que je le garde par devers moi. A l'appartement, aucune armoire, aucun tiroir n'est muni d'une clé. De toute façon, je me méfie de ma propre distraction.
...
Le matin au réveil, encore allongée, nauséeuse, je note les idées qui me viennent à l'esprit.
Le soir, je suis trop fatiguée, j'ai peu d'idées nouvelles. Je me contente de relire le travail du matin en y apportant de petites corrections, parfois uniquement orthographiques.

Premier point: Quand ? A priori je penche pour la division suivante : saison – mois – date – tranche horaire. Je ne dois pas oublier de consulter la météo au préalable.

Deuxième point : La tenue, influencée par deux éléments, le vent dû à la hauteur et à la vitesse de la chute et puis, l'arrivée au sol, disons « brutale ». Il est impératif que je reste « présentable ».

Troisième point: Mes consignes en matière de funérailles et quatrième point, le seul sur lequel je ne me suis pas encore penchée, le mot aux proches. Est-il indispensable ? J'hésite.
Au total, des heures de travail ! Et une fois posées les bonnes questions, il faut y apporter les bonnes réponses.

D'office, j'exclus l'été et l'hiver. Je ne supporte pas les températures excessives ni dans un sens ni dans l'autre, mais l'essentiel des problèmes ne résulte pas de cela. En été, les tenues sont légères et surtout, il y a du monde dans le parc et aux terrasses. En hiver je redoute le gel et le trottoir glissant. D'où la question est : l'automne ou le printemps ? Deux saisons pluvieuses. Les mois les plus indiqués sont mai et septembre. Après mûres réflexion, ce sera septembre : les températures de l'été indien sont plus douces que celles du mois de mai avec soit des températures estivales précoces ou des pluies tardives. Et plus précisément fin septembre, je veux éviter les premières semaines de rentrée scolaire. Octobre doit être écarté en raison de la foire du même nom.

Le boulevard doit être libre de passants. Le moment idéal, le dimanche matin, pas trop tôt pour éviter les fêtards du samedi soir qui prolongent leur nuit et pas trop tard afin ne pas coïncider avec l'heure de l'apéritif.
La tenue ? Une tenue décente du point de départ à l'arrivée, qui ne dévoilera rien de mon corps durant la chute. Ma dernière acquisition à la boutique, une superbe combinaison pantalon, très mode, bleu foncé (surtout pas de noir) convient tout à fait. Pour l'instant, elle est chez la couturière pour une retouche. Aux pieds, des chaussures qui me suivront dans ma chute. Allongée au sol avec des talons cassés, l'horreur ! J'opte pour des baskets, j'en ai plusieurs paires.

La date, je peux déjà envisager dimanche prochain. Mais rien ne presse ! De toute façon, il reste un élément à évaluer : la hauteur du parapet ou garde-fou qu'il me faudra enjamber. Il est, paraît-il trop bas par rapport aux dernière normes en vigueur, puisque lors des travaux de rafraîchissement de la façade, prévus pour le printemps prochain, de nouveaux, plus élevés, seront installés. Je suis loin d'avoir les jambes d'Adriana Karembeu, dès lors je dois m'assurer que je pourrai aisément poser les pieds sur le rebord en béton avant le saut. Rebord sur lequel, d'après le règlement de l'immeuble, il est interdit de déposer pots ou jardinières quelconques qui risqueraient de s'écraser au sol et de blesser des passants.

… la dernière feuille s'arrête là.

Je n'entends pas la voix de ma voisine qui parle aussi bien à ses plantes qu'à son chien. Je n'entends pas non plus l'animal qui, lorsqu'il est sur la terrasse, jappe joyeusement. Pas de passant en vue, un bon moment pour le dernier test qui me permettra de compléter, de clôturer même, la liste des préparatifs. Je suis toujours vêtue du jogging qui me sert de pyjama d'intérieur. Allons-y ! En vraie gauchère, je passe la jambe gauche, la bordure en béton est suffisamment large pour que j'y prenne appui, mon pouls s'accélère, ne pas regarder en bas et respirer normalement ! Je n'ai aucune envie d'être vue, je passe l'autre jambe en vue de poser le pied, juste un court instant. Zut ! J'ai mis mes baskets pour l'essai, mais j'ai mal noué les lacets, cela demande tellement d'application. J'ai malencontreusement posé le pied droit sur les lacets, le pied gauche est coincé et résiste aux tractions que j'exerce. Ma distraction m'horripile, il suffit de retirer l'autre jambe, je m'embrouille. Déséquilibrée, je crie « non » ! Non je ne veux pas mourir, pas aujourd'hui, tout va trop vite…

... — Encore une journée de sauvée
— La vie a de ces trêves, parfois,
où l'on peut se regarder dans la
glace avec un petit sourire mi-
condescendant, mi-complice, sans
autre exigence profonde que celle
d'être vivante et bien dans sa
peau, pendant que l'oiseau du soir
fait « hulihuli-a ».

Françoise Sagan, « Des bleus à
l'âme ».

É P I L O G U E

Au cours de mon enquête, j'ai gagné une amie. En
plus de notre amour pour Ariane, Colette et moi
partageons énormément de choses. Nous nous
voyons régulièrement. Nous avons tous deux
apporté des changements à notre vie d'avant. J'ai
renoué avec Bernard, alors que Colette a rompu
avec Yves. Je peux dire à présent qu'à l'égal de
Marion, les murmures de la patiente m'ont amené à

changer le cours de ma vie amoureuse. La physionomie de mes rencontres avec Colette est toujours la même. Comme tout un chacun, nous parlons de tout et de rien : santé, amours, loisirs... Puis, enfin, nous évoquons celle qui nous a rapprochés, celle dont les parents, puis la faiblesse de son corps l'ont empêchée d'aller au bout de ses envies d'apprendre. Peu avant son départ, Ariane s'était abonnée à des parutions régulières sur « l'Histoire de la Philosophie ». Seul le premier numéro sera débarrassé du cellophane qui l'entoure J'aurais aimé répondre à ses questions sur Socrate et Platon.

Que ce soit durant mes « investigations », pendant la rédaction de mes notes, et par la suite, chaque jour, des événements, voire des détails, ont attiré mon attention et m'ont ramené à elle. Colette a réagi également à la plupart d'entre eux, je le sais aujourd'hui. Le premier occupe une place à part dans la liste, il s'agit de la mort de Jean d'Ormesson qu'elle admirait tellement, puis l'entrée de son œuvre dans « La Pléiade ». La sortie d'un film avec Helen Mirren (une actrice que, comme moi, elle aimait), « L'Échappée Belle » (que je n'ai pas vu) où on évoque Hemingway et Key West. Dans l'émission « Thé ou Café », mon rendez-vous du samedi matin, un chanteur-baroudeur dit qu'il relit les nouvelles d'Hemingway et uniquement celles-là. Les éternels reportages sur les lieux fréquentés par l'écrivain et les habitudes qu'il y avait prises. Le premier long métrage peint à la main *La Passion de*

Van Gogh. Elle aurait aimé ! Dans la bande annonce, une phrase lui aurait effleuré le cœur : « Les grands artistes ne sont pas des âmes en paix ! » La rediffusion à la télévision d'une série en deux épisodes intitulée *Anna Karénine*, qu'elle n'aurait pas visionnée. J'en suis sûr, même si elle n'aurait pas manqué de critiquer le casting et l'adaptation. Une autre de *Guerre et Paix* qui aurait provoqué chez elle la même réaction (le trio Natacha, André et Pierre a été incarné de manière parfaite par Audrey Hepburn, Mel Ferrer et Henry Fonda), l'adaptation à l'écran de *La Promesse de l'aube*, puis celle de *Belle du Seigneur*. Alors que je visite une exposition de photos d'un artiste célèbre, je croise un jeune couple. Le père, soudain, appelle à voix haute « Solal ! », un petit garçon arrive en courant. Je le suis d'un regard bienveillant. Pas trop longtemps, car déjà le père me lance des yeux un message de mise en garde. Je ne peux lui en vouloir, depuis des événements douloureux qui ont secoué mon pays, les parents se méfient de l'intérêt qu'un homme seul peut porter à leur enfant.
Et d'autres encore...

Dans nos conversations, pas de flash-black sur les moments malheureux du passé. Colette les a effacés et ne veut retenir que leurs moments de bonheur qu'elle me permet de partager. Tant mieux si certains reviennent sans cesse, ils s'étoffent en détails et parfois j'ai la vive sensation que je les ai également vécus. A peine rentré, la mélancolie fait place à la douce euphorie de la soirée, pourtant elle-même non dénuée de nostalgie. Je lis quelques passages d'un livre ou j'écoute un CD. Il m'arrive souvent d'écouter en boucle la plage 9 de « PAOLO CONTE Concerti ». Sa chanson sur Hemingway. Peu de texte pour une durée de plus de 4'. D'abord quelques phrases empruntes de nostalgie, compréhensibles sans trop de difficultés même pour ceux qui n'ont pas étudié la « lingua del si », puis l'artiste, fait sortir de son « kazou » des sons, eux aussi merveilleusement mélancoliques. Pour conclure par :

« ... Et alors Monsieur Hemingway, ça va ?...

... Et alors Monsieur Hemingway, ça va mieux ?... »

TABLE DES MATIERES

Dépôt légal : 4e trimestre 2018
ISBN : 978-2-9602275-1-2